JN026875

ぼくたちがギュンターを殺そうとした日

ヘルマン・シュルツ 作
渡辺広佐 訳

アンネリーゼ、フリードリヒ・ヴィルヘルム、
そしてアドルフに

1

あのことがあったのは、ぼくがリューネブルクの南にあるおじさんの農家で暮らしはじめて四年が過ぎたころだった。

親戚の家で暮らしていたといっても、ぼくは隣の農家にいたルイーゼのようなみなしごではなかったし、親がどこのだれだかわからない捨て子でもなかった。

でもぼくは、両親とうまくいっていなかった。しょっちゅう互いにののしりあい、さぐりを入れあっていた。「塹壕（戦場で歩兵が身を守るために使う穴・溝）の中で敵の兵士といがみあっているようだ」と、父さんが言ったことがある。年寄りはなんでも戦争にたとえるのが好きだ。父さんはドイツ軍に所属し、ポーランドに侵攻したときに（一九三九年九月、ドイツがポーランドに侵攻したことで第二次世界大戦が始まった）、片脚を撃ちぬかれた。その後は働くことができず、ぼくの世話を焼く時間がたっぷりあった。父さんはぼくを叱るとき、松葉杖で打つこともあった。

やがて両親は、ぼくの強情さにうんざりして、ぼくをおじさんの家へ追っぱらった――というのが、父さんたちの言い分だった。

修道院の寄宿学校に入れるぞ、と言って、父さんはぼくをおどしていた。父さんも子どものとき何年かそこに入れられていたが、「それは父さんにとっていいことだった」と言っていた。父さんが心からそう信じていたのかどうか、ぼくにはわからない。

普通の人には想像もつかないようなところだ。毎日棒でたたかれ、たれてきた青っ洟をぬぐうことからお祈りまで、ありとあらゆることを見張られ、指図される。猫をかぶらなかったら生き残れない、地獄みたいなところだ。

ぼくはこの学校に、以前のクラスメートを訪ねていったことがある。彼のお母さんが連れていってくれたから、面会できたのだ。入ってから何カ月もたっていなかったのに、友だちは、シベリアに三年も抑留された人みたいだった（第二次世界大戦後ソ連〔現在のロシア〕の捕虜になったドイツの兵士や民間人の多くがシベリアなどへ送られ、強制労働をさせられた）。ぼくのことがわかったのは奇跡といってもいい。

リューネブルクのおじさんとおばさんがひきとってくれたおかげで、ぼくはその信心深い地獄に行かずにすんだ。ぼくが家でひどい目にあっていると知ったおじさんとおばさんが、家に来い、と言ってくれたのだ。

いうまでもないことだけど、ふたりのところに行ってからは、ぼくは、感じの悪い態度をとったり、ふたりを怒らせるような振る舞いをしたりはしなかった。

おじさんたちの農家では、ほんとうにいろんなことがあった。毎日、近所の人についてのうわさ話が飛びかい、動物もいっぱいいた。とても楽しい毎日だった！　両親の家にいたときよりもたくさん働かなければならなかったけれど、いやだとはまったく思わなかった。村ではみんなが働いていたし、ぼくも、そこに住んでいたんだから。

ぼくが両親のことをひどく言いすぎている、と思われるかもしれない。だけど、そんなつもりはない。ぼくは「いい子」じゃなかった――それは認める。悪魔にとりつかれていたのだろうか。聞かないでほしい。ぼくにもよくわからない。

おじさんとおばさんの家に住むようになってから、ぼくは元気になった。ただ、姉さんには会いたかった。姉さんとは手紙をやりとりした。何を書くかについては、よく考えた。父さんと母さんがぼくの手紙を勝手に開けて読んでいるのは、まず確かだったから。両親に知られたくないことを書きたいときは、姉さんの友だちの住所を使わせてもらった。知られたくないことはいくつかあった。といっても、大したことじゃない。

姉さんの方は、書きたいことはなんでも書けた。おじさんの家には、他人の手紙を開けたりする人なんかいないからだ。

ことあるごとにぼくにビンタを食らわせたりする人も、いなかった。というより、おじさんのところで体罰を受けたことは、一度もなかった！

でも、おじさんの家での楽しい生活は四年半で終わった。父さんと母さんが、ぼくを進学させたがったからだ。両親の家に戻ってからは、これといって楽しいことはなかったし、ここでそのことを書くつもりはない。

ここで書きたいのは、ぜんぜん別の話なのだ。

2

ぼくが初めてギュンターを見たのは、戦争が終わる約二カ月前、一九四五年二月中ごろのことだった（一九四五年五月、ドイツの無条件降伏により、ヨーロッパでは第二次世界大戦が終結した）。そのときは、ギュンターとあんなことになるとは思ってもいなかった。

その二月の午後、ブラッサウから続く街道を、難民たちが乗った幌馬車の列が近づいてきた。その時期にしてはかなり暖かい日だった。何台もの幌馬車が、玉石が敷かれた道をがたがたと揺れながら進んでくる。馬車の幌が、葉の落ちた林檎の木の枝にときどきこすられている。先頭の何台かが、村の食堂兼宿屋のバルテルメス亭の前の、葉を落とした菩提樹の下で止まった。さらに何台かの馬車が間隔をつめて止まったが、ほかの馬車はもっと先へと進んでいく。

手綱を握っているのは頭にスカーフを巻いた女の人や、難しい顔をした男の人や、老人たちだった。全員が、まるでものすごく寒いところから来たみたいに、たくさん着こんでいた。よそ者たちが、村の人にちょっと話しかけた。なんと言っていたのかは、聞こえなかった。

ぼくはその人たちよりも、馬に目をひかれていた。くたびれたようすの農耕馬もいたし、きちんと手入れされた元気な馬もいた。一台の馬車の下には、大きな茶色の犬がロープでつながれていた。犬は腹をすかせているらしく、必死になってあたりを見まわしているが、馬車が右へ行くときも左へ行くときも、ロープが車輪に巻きこまれないよう注意している。どれくらい前からこうして馬車につながれているのか、まったくわからない。

ギュンターは御者台に座っていて、隣にいる女の人が手綱をとっていた。たぶん、あれはお母さんだったのだろう。ギュンターたちの馬車はほかの馬車より小さかったけれど、しゃれた造りだった。焼き印を押された暗褐色の軽種馬（比較的小柄な乗用馬の総称）――ほかの駄馬のように骨が突き出るほどやせてはいない――が引いていた。たぶん、避難する前にじゅうぶんな馬用の飼料を用意してきたのだろう。見たところ、ほかに子どもがいるようすはないし、老人もいないようだった。

戦争に行かずにすんだ村の男たちが、集まってぼんやりと馬車を見ていたが、まわりを囲んでいるのは女の人が多かった。女たちは腕組みをして、気に入らないという目つきで馬車を見ている。みんなして村長がやってくるのを今か今かと待っているらしく、村の広場の方をうかがっている。

ようやく村長が現れ、ポケットから一覧表を取り出した。どの農家がどの難民を迎え入れるのかが書いてあるのだろう。村長が、一台目の馬車はあそこの農家へ、次の馬車はあそこの農家へと、順番に伝えていく。やがて九台の馬車が、九つの家族と持ってきた荷物ごと、それぞれの受け入れ農家へと消えていった。そのときぼくは、どの農家にも人が住める場所があるのだと思っていた。でも、そうではなかった。

　ぼくはその後何日もかけて、あちこちの農家をのぞいてまわったが、たいていの農家では、よそ者たちは干し草置場で寝ていたし、穀物倉で寝ている家族や、牛小屋のすみで寝ている家族もいた。それぞれが、住みかの屋根裏や壁に板を打ちつけるなどして、住みやすく工夫していた。窓の外からでも、納屋や家畜小屋の中のはしごを登って寝床へ行く姿が見えることがあった。寝床へ行くのにはしごを登らなければならないなんて、年寄りにはつらいことだったろう。

　難民たちが来たあと、ニワトリ小屋に錠前をつけた農夫がいる、といううわさもあった。

「東から来たあの連中は、ここに長くいることになるだろう。ひょっとしたらずっとだ」と、おじさんは言った。

　おじさんは数日前に国民突撃隊（一九四四年十月以降、ドイツの十六歳から六十歳の男性が祖国防衛のために所属した組織）から戻ってきていた。簡単にいうと、逃げ帰ってきたのだ。おじさんが帰ってきたとき、ぼくたちはちょうど夕食を食べていたが、おばさんは、喜びのあまり我を忘れて大声をあげた！　おじさんは静かにカービン銃（もとは騎兵の使う軽い銃だったが、第二次世界大戦中にはさまざまな種類があった）を壁に立てかけ、分厚い上着を脱ぎ、ぼくたちがいたテーブルにそっと座った。

「今さらロシア人やアメリカ人と戦うなんて意味がない（ドイツは第二次世界大戦で、イギリス、アメリカ、ソ連などの連合国と戦った）」と、おじさんは言った。なんの不安も心配もない、という顔をしていた。許可がないまま家に帰るなんて、危険なことだったはずなのに（軍の義務からの無許可の離脱は、当時は試みただけで処刑され、終戦までのあいだに二万人以上が死刑となった）。

翌日、おじさんはカービン銃を納屋に持っていき、わらの下に押しこんで隠した。ぼくはそれをたまたま見ていた。あとになって、イギリス兵が何人かやってきて、村じゅうで武器を探したけれど、うちからは何も見つからなかった。

ぼくは、おじさんが言っていることがよくわからなかった。よそから来た幌馬車と、戦争が終わりかけていることと、何か関係があるのだろうか（第二次世界大戦末期、ソ連軍などの侵攻を受け、東プロイセン、シュレージエンなどの東部に住んでいたドイツ人たちは難民となって西へ逃れた）？　言いわけに聞こえるかもしれないけれど、これは二年ほど前のことで、ぼくはまだ幼かった。

ぼくはよそ者より、彼らの馬の方に興味があった。売られるのだろうか、それとも殺されてしまうのだろうか、と。難民の子どもたちにも興味があった。ぼくと同じ年ごろの子がいるかどうか、いるなら、遊び相手になりそうか……。

村には、ぼくと同じ年ごろの子があまりいなかった。もともといたのはディートリヒとマニだけで、このふたりと遊ぶのは、あまりおもしろくなかった。だから、西プロイセンから来た難民の、エルヴィンとその弟のヴァルターと仲よくなるのに、そう時間はかからなかった。それから、シュレージエンから来たレオンハルトとも仲よくなった。彼には、きれいな姉さんがふたりいた。

東プロイセンから来たアムゼルバッハ家には、女の子がふたりいたけれど、男の子はいなかった。ポンメルンから来たラジンスキ夫人には、年長の息子パウルと、エーゴンという小さな息子がいた。このふたりも、遊び相手にはならなかった。いっしょに何かするには、ひとりは大きすぎたし、ひとりは小さすぎた。

ギュンターがお母さんといっしょに乗ってきた馬車は、ほんとうはあのとき、この村には止まらず、クラウゼンまで行くことになっていたらしい。村には、九軒しか受け入れられる農家がなかったのに、まちがって馬車を止められたのだろう。

しばらくすると、ギュンターはぼくと同じ学校に来るようになった。そのときにはもう、ぼくらは「ハイル・ヒトラー！」と挨拶する必要がなくなっていた（「ハイル・ヒトラー」は「ヒトラーばんざい」という意味。第二次世界大戦をひきおこしたドイツのナチス党党首・独裁者ヒトラーは、終戦直前に自殺した）。

ひと目見ただけなら、ギュンターはまったく普通に見える。だけど、しゃべり方はもごもごしていて、しょっちゅう鼻汁をたらしていた。授業でもほとんどしゃべらなかった。ゴルトナー先生にあてられて質問されても、返事さえしないこともあり、みんなはバカにして笑った。でも、ゴルトナー先生はいつもやさしかった。

ギュンターは、クラウゼンやローゼネクから来ているほかの難民の子どもたちの後ろにくっついて、いつもひとりで家に帰った。ギュンターは、好かれていたとはいえない。むしろ、嫌われていた。いつもおずおずと突っ立っているだけで、いっしょに何かをすることなんてできなかったからだ。

3

それは一九四七年、おじさんの農家で過ごした最後の夏のことだった。

ぼくはその日、目をさますとすぐに服を着て、はだしで急な階段(かいだん)を下りていった。階段(かいだん)はいつものようにギシギシときしんだ。その朝のこと、その後の日々のことを、ぼくはけっして忘(わす)れることができない。忘(わす)れられればいいのにと思うことはよくあるが、すぐに、忘(わす)れてはいけないと思い直す。なぜなのかはこれから説明しよう。

台所の食卓(しょくたく)には、ルドルフおじさんがひとりで座(すわ)っていた。おじさんは背(せ)が高く、やせていて、口ひげを生やしている。いつものベストと茶色のコール天のズボン姿(すがた)で、重そうな靴(くつ)をはいていた。おじさんは小さな木の板の上で、ポケットナイフを使って、燻製(くんせい)のベーコンを食べやすい大きさに切っているところだった。切ったベーコンをパンにのせ、ゆっくりと口に入れる。おじさんの歯は、嚙(か)みタバコのせいで茶色くなっていた。

嚙(か)みタバコって何かというと、ぼくもはっきりとは知らないが、タバコの葉を長い時間、強い香料液の中につけて、棒に巻いてかため、小さく切って丸いかけらにしたものだ。当時、噛みタバコは小さな缶入りで売られていて、缶の上にはたいてい「ハネヴァッカー」とメーカーの名前が印刷されていた。おじさんは外出するとき、いつだってくちゃくちゃ噛みタバコを噛むか、その缶をポケットに入れるかしていた。そして、たびたび茶色い液をぺっと吐き出した。もちろん、外でだけだが。ぼくは噛みタバコがいやだったが、おじさんは好きなのだ。

ベーコンを食べ終え、コーヒーカップが空になると、おじさんはナイフをポケットに突っこみながら、突然、言った。

「外に、おまえの馬がいるぞ」

高地ドイツ語（標準ドイツ語）で言ったので、ぼくに言っているのだとわかった。ほかの人に話すときは、おじさんは低地ドイツ語（ドイツ北部で話されるドイツ語）を使うから。このあたりののんびりした農夫たちはみんな、低地ドイツ語を話す。

ここでは毎日、びっくりするようなことがあった。おじさんは冗談好きだけど、冗談を言っているときは、ぼくはたいていすぐにわかった。そのときのおじさんの口ぶりは、真面目だった。馬が大好きなぼくは、わくわくしてすぐに駆け出した。

ドアの外にはほんとうに、見たことのない馬がつながれていた。背中が反っていて体はこげ茶色。長いあいだブラシをかけていないことがわかる。頭を地面の近くまで下げていて、唇をだらんとさせ、よだれをたらしている。ひづめを動かすと、道に敷きつめられた玉石にあたって鈍い音がした。

まず目が行ったのは、大きくてたいらなむきだしのひづめだった。ひっくり返してみると、深い皿のようだ。四本とも蹄鉄が打たれておらず、縁がすりきれていた。すぐになんとかしてやらないと……。こんなスリッパみたいなひづめで速歩を続ければ、馬はたちまち足を痛めてしまう。

おじさんは豚小屋のところにいたおばさんと少し言葉を交わし、それから自転車にまたがった。いつものように、急がずゆっくりと走っていく。どこかでレンガ積み職人として高い壁を作るか、家畜小屋の修繕でもするのだろう。そういう仕事をしていることは、おじさんの大きな手を見ればわかる。

まもなくおじさんの姿は村の外に出て、見えなくなった。その後、小川にかかる橋を自転車で渡っていくのがちらっと見えた。マリーンか、ヴァイデンドルフか、ザルデラッツェンの方向へ向かっている。

ぼくが、この馬をどうしようか、と考えていると、おじいちゃんがぼくのそばを通っていったが、とくに何も言わなかった。おじいちゃんは松葉杖をつきながら家のまわりを歩き、あやしいやつらが庭に入りこんでいないか見まわっているのだ。晩にはよく、自分の部屋の開け放った窓辺に座り、民謡や賛美歌を村じゅうに聞こえるような声で歌っていた。それを聞くと、村の人たちは笑みを浮かべた。

でも、おじいちゃんはかんかんになるときもあった。村じゅうが知っていることだが、おじいちゃんは酔っぱらったイギリス兵たち（終戦後、ドイツにはイギリス軍、アメリカ軍、ソ連軍などが占領軍として滞在した）になぐりかかろうとしたことがあった。連中が、開けた車の窓から頭がいかれたみたいに、電線についている碍子を撃っていたからだ。何人かの男たちがおじいちゃんを止めた。もしなぐっていたら、おじいちゃんはイギリス兵に撃たれてしまっただろう。

「おじいちゃんはもう、仕事で役には立たないからね」と、おばさんはよく言っていた。でも、いじわるな言い方ではなかった。ぼくに話しかけるときも、いつもやさしい口調だった。

「朝食を食べていきなさい、フレディ」と、おばさんはぼくに言うと、豚の餌用のジャガイモを煮ようと、家畜小屋に姿を消した。おばさんはおじさんとは反対に、背が低く、太っている。

おばさんは早く朝食のあと片づけをしたいようだった。ぼくはベーコンは好きじゃないから、パンに自家製のレバーペーストをつけて、急いで食べた。どっちみちもう学校に行く時間だった。ここでは、日々、やることがいっぱいある。

また外に出ると、ぼくは馬に声をかけた。

「ここにいるんだよ」

馬はそこに立ったまま、ちょっとぼくの方を見あげた。それが、ぼくがこの馬を好きになった瞬間だった。馬の名前を考えようと、ぼくは腹の下を見た。この馬は雄馬か、去勢された雄馬か、それとも雌馬なんだろうか。

雌馬だ。

「午後になったら、おれたちで鍛冶屋に行こう」と、いとこのフリッツが言った。「ロッテに蹄鉄を打ってもらわないとな。この馬はロッテだ！」フリッツが「おれたち」と言うときは、ぼくたちふたりのことなのだ。

「この馬は、前からロッテという名前だったの？」ぼくは聞いた。

「さあな、そんなことはどうだっていい。聞いたか、グスタフがもうすぐ戻ってくるんだ。たぶんヴィリーも」

ぼくはグスタフとは会ったことがなかった。ぼくが住んでいる村からだいぶ離れたクレンツェにおばさん家があって、そこには息子が三人いた。グスタフはそのうちのひとりで、あとのふたりは、ヴィリーとカール＝ハインツだ。でも、ぼくがここで暮らしはじめたときは三人とも、戦争でロシアかどこかに行っていた。

フリッツは、納屋の前で自分の馬に馬勒をつけ、畑に行く準備をしていた。今日は畑に肥料をやると言っていた。馬が動き出し、肥料散布機の鉄の車輪が、中庭に敷かれた玉石の上でギイギイ音を立てる。もうすぐ、フリッツとぼくは二頭の馬を使っていっしょに仕事ができるようになるだろう。二頭目の馬のために、轅とふさわしい馬具を、ぼくたちはもう手に入れていた。

馬具をつけるとき、フリッツはいつも馬に小声で話しかけ、やさしくさすってやる。行けるものなら、ぼくもいっしょについていきたかった。でも、学校に行かないといけない。

家の角を曲がったところで、ぼくは、おじいちゃんが庭で何をしているのか、ふり返って見た。

ぼくははだしだったから、ニワトリの糞を踏まないように気をつけていた。踏むと、糞が足指のあいだに入ってしまって気持ち悪いから。

おばあちゃんがミツバチの巣箱のそばに立ち、乾燥させるために吊してある玉ねぎを、風とおしがよくなるように動かしていた。庭には、おじいちゃんが追っぱらいたくなるようなよそ者はいなかった。玉ねぎを動かし終えたおばあちゃんは、家の裏のハシバミの木の下の草地に座り、牛の番を始めた。おばあちゃんは牛の番をしながら本を読む。おばあちゃんの前では、犬のローラントが草の上に寝そべっていた。

いとこのアンネマリーが、洗濯物をロープに干している。アンネマリーとフリッツは、ぼくより十歳くらい年上だ。ふたりにはルドルフという、よそで働いている兄さんもいた。このルドルフは、父親であるルドルフおじさんの名前をもらったのだ。いとこのルドルフは牛乳の検査員をしているらしい。週末にはよく帰ってきて、収穫を手伝っている。

ぼくも少なくとも週に五日、学校が終わったあと、雌牛の番をしていた。ずっと離れた森の中の、ハイドモーアの近くにあるおじさんの牧草地まで連れていくのだ。牛の番は好きだったが、ときどき退屈になった。そんなときは、シラカバの木の下に座り、冒険のことを考えた。たいていは自分が英雄になるような冒険だ。でも、それをだれかに話したことはない。

こわい思いをしたこともある。森の中にいたとき、影が動き、犬が落ち着きなく耳を立てたのだ。このあたりではそれまで、襲撃も殺人も、悪いことなんてひとつも起きたことがなかった。

しかし、そのときは放浪者がふたり現れ、隣村へ行く道を聞いてきた。その人たちはポーランド語をしゃべっていた。そしてぼくからバターつきパンをとりあげ、姿を消してしまった。でも、ぼくはそれほどひどい目にあったとは思わなかった。

雌牛が牧草地から逃げ出そうとすれば、ぼくは犬に命じて、雌牛が野原に入らないようにさせる。牧草地と野原のあいだに、垣根はなかった。牛はしょっちゅう、野原に生えているウマゴヤシのところに行こうとする。牛にとっては、牧草よりうまいからだ。高い草が繁る森に逃げこもうとするときもある。

雌牛にはそれぞれ、女の人の名前がつけられていた。レーネ、ロニー、リースヒェン、インゲ、グレーテなどなど。おじさんの家では馬、牛、犬以外の動物にも、ちゃんと名前をつけていた。おばあちゃんがぼくに「行ってらっしゃい」と合図した。ローラントもぼくを見て、尻尾で地面をたたいたが、立ちあがりはしなかった。そう、牛の番をしているんだから。

おばあちゃんはいつもぼくに、本を読みなさい、と言う。本を読む必要なんかないのに。どうやったらそんな時間を作れるっていうんだろう。この村では、おばあちゃん以外に本を読む人なんかいない。おばあちゃんは農家のおかみさんなのに、どうして本を読むようになったのか、ぼくにはまったくわからない。

ある日曜日のこと、ぼくはおばあちゃんに説きふせられ、手渡されたうすっぺらい本を読んだ。ぜんぜんおもしろくなかった。それどころか、いかがわしい本だった。物語のすじもごちゃごちゃしているし、大人向けの本なので、思っていたとおり、神とか信仰とかのことが出てきた。そのうえ、愛とかキス、不倫とか殺人まで出てきたのだ。たぶんおばあちゃんは、自分ではその本を読んでいなかったのだと思う。読み終えたぼくは、ひどくばつの悪い気分になった。

日曜日の昼食後、ぼくはたいていマニ、レオンハルト、エルヴィンなど、同じくらいの年の仲間と遊んだ。ときどきは隣の農家に住むルイーゼが、唯一の女の子として加わることもあったけど、ぼくたちはそれ以外の子を仲間に入れたくなかった。村のたいていの子は退屈で、頭が固かったし、村にはもともと、ぼくたちと同じぐらいの年の子はあまりいないのだ。ルイーゼならまともな子だし、ぼくたちもなじんでいた。

ブラッサウにある学校へ行く道で、その日もルイーゼが追いついてきた。

「ぼくね、自分の馬を持ってるんだ」と、ぼくは言った。

「どんな馬?」と、ルイーゼ。

「こげ茶色。難民の馬なんだけど、ぼくが面倒みることになったんだ。うちの畑を耕すのに使えるよ」

「いいわね」

ぼくは、ルイーゼに、自慢してると言われるんじゃないかと思っていたが、ルイーゼはそれ以上何も言わなかった。ぼくはルイーゼのことが好きだったから、彼女が住んでいる家の人たちがいなくて、ぼくに時間があるときは、よく手伝ってやった。ルイーゼは町の出身だったので、農作業のことをあれこれ教えてあげたのだ。

校庭の外で、エルヴィンと弟のヴァルターが、背中をぴったりとへいに押しつけて立っていた。ふたりとも不安そうに顔をゆがめている。ルイーゼは、女の子の友だちに声をかけられ、ふたりのそばを通りすぎていったが、ぼくは足を止めて聞いた。

「どうしたんだい？」

ふたりは後ろに手をやって、自分たちのお尻を指した。最初はなんのことだかさっぱりわからなかった。それから、ようやくわかった。ふたりは股割れズボンをはいていたのだ。そんなものをはかされるなんて、最悪だ！　ふたりの両親は、どうしてわが子にそんなものをはかせたんだろう。

「みんな、死ぬほど笑うだろうな！」と、エルヴィンが言った。

「笑ったやつらをぶちのめすか？　いっしょにやってやるよ」と、ぼく。

「ううん、学校でなぐりあいしたなんて父さんに知れたら、ぼくたちの方がなぐられるよ。うちの父さんのこと、知ってるだろう？　でも、どうしよう！」と、ヴァルター。

ぼくは確かに、エルヴィンたちのお父さんのことを知っていた。密猟で刑務所に入れられていたが、このあいだ出獄したところで、それ以来、子どもたちにつらくあたっていた。まるで、刑務所でされたことの仕返しをしているみたいに。

でもぼくは、このお父さんのことが好きだった。そのへんの大人とちがって、とてもいい人だという気がした。お父さんの方もぼくのことを好きなのか、よく話しかけてくれた。その人が刑務所に入っていたことなんて、ぼくにはどうでもいい。でも村の中には、悪く言う人ももちろんいた。また、ある金持ちの農夫の身代わりになって刑務所に入ったのだ、といううわさもあった。それで、お金をもらったのだと。ほんとうかどうか、ぜんぜんわからないけれど。

「なら、家に帰ったらどうだい」と、ぼくは言った。「先生には、きみたちが気分が悪くなって吐いた、って言っておいてやるから」

「でも、家に帰ってなんと言えばいいんだい？」

「ゴルトナー先生が病気になって、今日は学校が休みになった、と言えよ。わかりゃしないよ」

ふたりはほっとした顔になった。うまい解決策だった。ふたりはさっと手をふると、なんでも屋のボイセルの店の前を通って帰っていった。家までの近道だが、よく野生の雄ヒツジがかかってくることがある。でもエルヴィンは、そんなものこわくない、父さんのこともこわくない、と言った。

「こんなズボンなんか燃やしてやるよ」エルヴィンは大声で言った。

「そんなズボンで学校に来ちゃだめなんだって、お父さんに言った方がいいよ」

ぼくは教室に向かって走り出した。けっきょく遅刻してしまったが、ゴルトナー先生は何も言わなかった。先生はぼくのことが気に入っているから。

その日の午後、ぼくはフリッツといっしょに、馬でツェーツェにある鍛冶屋に行った。フリッツはゲオルゲ——フリッツは英語風に「ジョージ」と呼んでいるけど——に乗って、ぼくはロッテに乗って。

フリッツは、ジョージの方が速いことを見せようとした。でも、ロッテは互角にせりあうことができた。ロッテは、ぼくが心配していたほどのろい馬ではなかった。だけど鞍をつけずに乗っていたので、ツェーツェに着いたときには、ぼくは少しお尻が痛くなっていた。

鍛冶屋にはいつものように何人かの男たちがいて、おしゃべりをしていた。まるで仕事なんかないかのように。鍛冶屋の方は、それにはかまわずに仕事をしていて、一頭、また一頭と蹄鉄をつけていく。ぼくがロッテをしきりに入れると、鍛冶屋はまず後ろのひづめからとりかかった。

「おまえたち、揺り木馬に蹄鉄を打つために連れてきたのか、うん？」たむろしていた男たちのひとりが言い、バカみたいに笑いながらロッテの反った背中に触った。

なんてバカなことを！　でも、ほかの人はだれも笑わなかったので、ぼくは気分がよくなった。

鍛冶屋が左後ろ足のひづめを持ちあげて仕事をしているあいだ、ロッテの右後ろ足に大きな負担がかからずにすむように、ぼくは馬の体の下に肩を入れて支えた。すると、ロッテがどんどん体を預けてきたので、ぼくは壁に押しつけられ、ほとんど息ができなくなった。

「そんなことしちゃだめだ、フレディ！」と、フリッツが言った。

「馬は利口だから、楽に立っていたいんだ。しかし、おまえには重すぎるよ、坊主」と、鍛冶屋も言った。「こういう馬を相手にするときは、なんにもしなくていいんだよ！」

鍛冶屋はロッテの左後ろのひづめを革のエプロンをつけた膝の上にのせたまま、ぼくを見あげて笑った。それから、慣れた手つきでまたひづめにやすりをかけ、大きさを確認して蹄鉄を釘で打ちつけた。蹄鉄は熱くてまっ赤だ。ロッテはじっとしている。馬のひづめは何も感じないのだ。熱い鉄がひづめにあたったときのシューッという音や、もうもうとした蒸気、ひりひりするようなにおいが、ぼくは好きだった。

やすりをかけていたひづめから落ちた粉を、ぼくはこっそり集めて、ズボンのポケットに入れた。これをタバコの葉に混ぜたら、それを吸った人は窒息しそうになって、かんかんになるだろう。そういういたずらは、ばれないようにやらないと……。

4

ようやく日曜日になった。堆肥運びもジャガイモの収穫も牛の番もしなくていい日だ。牛たちは、家の裏の牧草地で草を食んでいる。たいてい、おばあちゃんがそばに座って番をしている。

森に行きたい。仲間の男の子たちと――ときにはルイーゼもいっしょに――森に出かけるときはいつも、みんな冒険を、何か特別なことが起きるのを期待していた。じっさいには、ほとんど何も起こらなかったけれど。

だが、この日はちがった。この日はルイーゼはいなかった。ぼくたちがあの計画を立てていなければ、このときもきっと、何も特別なことは起こらなかっただろう。

計画というのは、ヴァイデンドルフへ行って、農家のニワトリ小屋から卵をかっぱらうことだった。その農家は森のすぐそばにあり、さっと姿を隠すのに好都合だ。家の人がいなければ、ついでにニワトリも盗み出せるかもしれない。卵は盗んでも音はしないが、ニワトリはけたたましく鳴くものだ。

ぼくたちは砂の穴に、鍋を隠していた。もともとこの鍋をどこで手に入れたのかは、覚えていない。とにかく、みんなで卵かニワトリを鍋で料理して食べる計画だった。水は小川から汲んでくればいい。レオンハルトも、エルヴィンとヴァルターの兄弟も、いつだってゆで卵を食べたがっていた。ぼくは、おじさん家でニワトリを飼っていたので、それほど卵に気をひかれてはいなかった。

マニは腕のいい卵泥棒で、いつもひとつも割らずに盗み出す。ぼくたちほかの者は、必要があれば、農家の正面の側で家の人たちの気をそらす役だった。ぼくたちが前庭でプラムや林檎をくすねるふりをすると、家の人たちは窓辺に立ち、前庭のようすをうかがう。カーテンが揺れていれば、マニは裏のニワトリ小屋で静かに仕事ができるというわけだ。

ところがよりにもよって、この日、ギュンターがぼくたちにくっついてきた。こいつをやっかいばらいできなければ、計画のことは忘れるしかない。頭のおかしいギュンターなんか連れていったら、計画はすっかりだめになってしまう。

ほんとうのことをいうと、ギュンターは頭がおかしいようには見えなかった。でも、やつが何か言おうとすると、だれも耳を傾けないだけでなく、あくびをしてみせた。言葉がつっかえるばかりで、何を言っているのかぜんぜんわからなかったから。いらいらしてくると、ぼくたちはあいつに一発食らわすこともあった。

ギュンターとちゃんとつきあおうとする者は、ひとりもいなかった。でも、ギュンターを追っぱらうのは難しかった。ただ、だまってついてくる。ぼくたちにはあいつが邪魔だった。

森の中の、泥炭のくぼ地のそばで事件が起きたのは、この日曜日だった。正確にいうと、ぼくたちがひきおこしたのだが——当然のことながら、ぼくたちは計画をだめにしたくなかったのだ。

ぼくたちは、最初はおだやかにギュンターに話しかけた。

「あっちへ行けよ、ぼくたちには予定があるんだから」と言って、少しこづいただけだった。いつもたらたら鼻汁をたらして、みっともないやつ。ひょっとしたら、何か病気なのかもしれない。

それでもギュンターは、二、三メートル後ろをついてきた。ぼくたちといっしょにいたくて、しょっちゅう、わざわざクラウゼンからやってくるのだ。クラウゼンには、同じ年ごろの子がいないのかもしれない。それとも、クラウゼンではぜんぜん相手にされていないのかもしれない。

「言うことを聞かないと、痛い目にあうぞ」ぼくたちはよく、大人たちにそう言われていた。レオンハルトがギュンターを捕まえ、動けなくすると、エルヴィンがやつのズボンのポケットの中におしっこをした。マニも反対側のポケットにおしっこをする。ギュンターのズボンがどうなったか、想像がつくだろう。これでこいつも帰るだろう、とぼくは思った。

だれかにズボンのポケットにおしっこなんかされたら、ぼくなら、ただじゃおかない。だけど、ギュンターは怒ったそぶりも見せず、しつこくぼくたちについてきた。

「帰った方がいいぞ！」ぼくは少し気の毒に思いながら言った。ギュンターのような目にあって、そう言われれば、帰るべきなんだ。ぼくも、みんなのようにいらいらしてきた。「ポケットの中におしっこ」みたいなことを、これ以上見たくない。

泥炭のくぼ地に着いた。泥炭のひとかたまりはレンガくらいの大きさだが、ずっとやわらかい。地面から掘り出して切った泥炭は、風にあてて乾燥させるために、畑のあちこちに積み重ねてあった。農夫たちは自分の畑を、喜んで泥炭置場として貸していた。泥炭をどけたあとに残るやわらかいかけらが、肥料になるからだ。ぼくたちは、近くの畑に積みあげられた泥炭の山をいくつかひっくり返した。ここではほかに何もやることがないのだ。

ギュンターはまだついてきている。ぼくは二、三歩ひき返し、小声で言った。

「帰るんだ、ギュンター！　でないと、もっとひどい目にあうことになるぞ！」自分の言ったことが相手に通じたかどうか、ぼくは自信が持てなかった。「なんでまだついてくるんだ？」

ぼくが揺さぶると、ギュンターはちょっと足を止めたが、ぼくの顔を見はしなかった。立ち止まったままで、何も言わない。ぼくは肩をすくめ、仲間のところに戻った。ぼくはとにかく、ちゃんと帰れと言ったのだ。

「あいつをどうする？」エルヴィンがひどく怒った調子で言った。ぼくたちは早く、草原を通ってヴァイデンドルフへ行きたかった。ギュンターは、おしっこで汚れたズボンをはいて、ぼくたちの二メートルほど後ろに立っている。

くぼ地の上には、泥炭を運ぶトロッコがあった。ぼくたちはよくトロッコに乗って斜面を下り、トロッコが坑夫の作業小屋にぶつかるか、脱線するぎりぎりのところで飛びおりて、遊んだものだ。もちろんそんな遊びは禁じられていたが、ぼくたちはやっていた。そういう遊びをするにしても、ギュンターのようなやつは邪魔だった。もちろん、ヴァイデンドルフで卵泥棒をするときはなおさらだ！

　車輪がない、壊れたトロッコがころがっているのが目にとまった。横に四つの留具がついている。そこに車輪をとりつけるのだ。トロッコをひっくり返してみると、窓のない小さな家のように見えた。

ぼくたちはギュンターを捕まえ、その中に押しこんだ。ギュンターはほとんど抵抗しなかった。

それからみんなで、そこらじゅうに大量にころがっている大きな石ころをつかんでは、重い鉄でできたトロッコに投げつけた。

五分ほどやると、投げられる石がなくなってしまった。トロッコの中はしーんとしている。

「あいつ、出てきたら死ぬことになるぞ」エルヴィンが言った。

「もうやめようぜ」と、ぼくは言った。

「いや、もう少し続けよう」と、レオンハルト。「どうせ、もうちょっとしたらおれたちは、ヴァイデンドルフに行くんだから」

レオンハルトはほんとうにもう少し続けた。さっき投げた石を拾い集めてまた投げつけ、トロッコの上に乗ってドンドンと足を踏みならして叫んだ。

「これで、嫌われてるってことがわかったろう！　出てきたらぶちのめしてやるからな、このくそ野郎！」

「ひとりじゃ出てこられないよ」と、ぼく。

「でも、このまま餓死させるわけにはいかないだろう」と、マニがおどおどして言った。「出してやろうよ。そしたら、たぶん帰るよ。ぼくたちはちゃんと警告したのに、あいつが聞こうとしなかったんだ」

　出してやるには、みんなで力を合わせてうんとがんばらないといけなかった。ようやくトロッコをどけると、ギュンターは乾燥した泥炭の粉を全身にかぶって、黒い包みのように横たわっていた。動かない。ぼくが「死んじゃったのかも」と思ったとき、ギュンターはのろのろと動き出し、立ちあがった。

　顔や髪の毛だけじゃなく、どこもかしこもまっ黒で、黒人のようだった。黒人って茶色なのかな、それとも黒いのかな、とぼくたちは軽口をたたきはじめた。ここにいるやつは、どちらかといえば茶色じゃないか……？

「こういうのもいるんだよ」と、ぼくが言うと、「うそつくな」と、レオンハルトが言った。レオンハルトは本物の黒人を見たことがなかったが、ぼくだって、なかった。

　ギュンターはそのまま何も言わずに、うなだれて行ってしまった。だれのことも見なかったし、泥炭の粉を払いもしなかった。顔を見ただけではギュンターとはわからないくらい汚れていて、両手で耳を押さえていた。ぼくはそんな彼の後ろ姿が、モミの木のあいだに消えるまで見ていた。

これからどうしたらいいんだろう。ぼくたちの日曜日は、今のことでだいなしになっていた。もうだれも、ヴァイデンドルフへ行く気なんかなくなっていた。口に出してそのことを話しもしなかった。

レオンハルトは「じゃ、おれ、帰るよ」と言って、ディートリヒを連れていってしまった。ぼくもどうしても帰りたくなり、歩きはじめた。でも、ひとりで。

「ロッテにブラシをかけなくちゃいけないから」ぼくは言いわけをした。

ほんとうは、ブラシをかけるのは午後ではなく朝で、みんなもそのことは知っていた。でも、だれも何も言わなかった。エルヴィンは、ぼくといっしょに帰りたそうにしていたが、ぼくはいっしょに歩きたくなかった。

三つの石を飛んでひとりで小川を渡ったときも、まださっきと同じくらい気分が悪かった。高い榛の木のそばを通り、やがて牧草地に出ると、そこからはうちの農場が見えた。この道を通るときはいつも、おじさんの家が、窓が目になっているやさしい顔のように見えた。

外にはだれの姿もない。日曜日には、家族は午後、乳しぼりの時間までベッドで横になっていたり、部屋や、暖かければ外の木陰に座っていたりする。猫やニワトリだけがあちこちうろつきまわっている。牧草地の牛も、日曜日には番をしなくていいことになっていた。もちろん、柵があるんだし。

ぼくはまだ気分が悪かったので、姉さんに手紙を書こうと、紙と鉛筆を持って台所のテーブルに座（すわ）った。長いことそのまま座っていたが、どう書いたらいいのかわからなかった。書けば心が軽くなる、やりきれない気分が少しはましになる、と思ったのだけれど。ほんとうは、姉さんがここにいて、話すことができれば、もっといいのに。打ちあけて話せる人がいないまま、時間がたつにつれ、ぼくはさらに気分が悪くなってきた。

とうとう紙と鉛筆（えんぴつ）を学校かばんにしまったとき、運よく、いとこのアンネマリーがパン焼き場から、バターケーキをのせたお皿を持って出てきた。ケーキは、まだすごくあったかかった。

「食べなさいな！」アンネマリーは皿をやさしくさし出した。「友だちと、何して遊んできたの？」

「いつもと同じだよ」と、ぼくは答え、ケーキにかぶりついた。「ちょっぴり、ローラントにもやってこよう」

アンネマリーはほほえんだ。

5

月曜日、学校へ行く途中、ギュンターとのことをルイーゼに話そうかどうしようか、と考えた。だけど、やっぱり話さないことにした。ぼくらがしたことを、ひどい、と言われるかもしれない。ルイーゼは、気に入らないことは気に入らないとはっきり言う。残念ながら、ぼくにはそれができない。

エルヴィンとヴァルターは、けさは普通のズボンをはいていた。ギュンターは校庭にいなかったし、教室の席もあいたままだった。

休み時間に、ぼくはゴルトナー先生に、まるで今思いついたというように、ギュンターはどうしたんですか、と聞いてみた。

「今日は来ていないわよ」と先生は言うと、ぼくに背を向け、バターつきパンをかじりはじめた。

ぼくは、なんともいえない気持ちになった。修道院の寄宿学校のことが頭に浮かんだ。ああ、あんなことしなければよかった。でも、ぼくはエルヴィンともレオンハルトとも、そのことについて話さなかった。

「今日は行かなきゃいけないところがあるから」

　学校が終わると、ぼくはふたりにそう言って、ローゼネクから来ている子たちといっしょに歩き出した。ギュンターの住むクラウゼンに行くつもりだったのだが、かなりのところまで、ローゼネクへ行く道と同じだから。

「いったい、どこへ行くつもり?」ローゼネクから通っているイルマ・ラウマンが聞いた。「あんたの家は別の方向じゃない」

「おばさんのとこへ行くのさ」と、ぼくは答えた。

　みんなでゆっくり歩くうちに、やがて、ひとり、またひとりと農家に消えていった。ぼくはクラウゼンの方に曲がった。途中、いろいろなものを積んだ荷車何台かとすれちがった。ジャガイモを積んでいる車が多い。馬をこき使うことで有名な農夫は、満杯の収穫物を積んだ荷馬車を、二頭の黒馬にギャロップ（馬が全速力を出す走り方）で引かせていた。道がぬかるんでいるのに！　馬というのはがまん強いものだ。

　ギュンターがどの農家に住んでいるかは、知っていた。ギュンターと母親が二階に住んでいるはずの家のまわりを、うろついてみる。カーテンが引かれているけれど、中で動くものがないのはわかる。家から男の人が出てきたが、たずねてみる勇気はなかった。ぼくは牛乳缶を置く台に座り、足をぶらぶらさせた。

　ひょっとしたら死んじゃったのかもしれない、と思って、ぼくはぞっとした。

ひいじいちゃんが死んだとき、ぼくはその場にいた。みんなでひいじいちゃんのために、好きだった歌を歌った。「わたしは世界を旅した。世界は美しく大きい」で始まる歌だ。それしか覚えていない。歌のない死は、悲しいものだ。でも、死んでいく人に歌を聞かせることを考えても、気分はよくならなかった。いや、反対にひどくなった。

そのとき、レオンハルトが自転車でクラウゼンの村の広場を走っていくのが見えた。硬いゴム製のタイヤのついた、かなり錆びついた自転車だ。レオンハルトは、まるでぼくのことが見えなかったようなふりをして、道を曲がっていく。

「レオンハルト！」ぼくが大声で呼ぶと、「これからジャガイモをとりにいくところなんだ」と返事が返ってきた。

そんなのうそだ。だって、レオンハルトのお母さんはいつも、ジャガイモを近所の農家のシュレーターさんから手に入れているからだ。でも、ぼくは何も言い返さず、ただ、どうしてレオンハルトはクラウゼンに来ているんだろう、と思った。

ああ、ギュンターがドアを開けて外に出てきてくれれば！　そうしたら話しかけるのに。きのうの日曜日のことを話すんじゃなくて、なんでもいい、たわいないことをしゃべろう。何かして遊ぼうとか、ロッテを見せてあげようとか、何か友だちらしいことを。

三十分ほどそこにいたあと、ぼくは、なんておくびょうなんだ、と自分がいやになった。どうしても、家を訪ねて、ギュンターがどうしているか聞いてみる勇気が出なかったのだ。もしお母さんが出てきてくれれば、ギュンターがどうしているか、それとなく聞いてみることができる。でも、これまで大人とそんなふうに話したことはなかったし、お母さんも返事に困るだろう。

そのとき、ギュンターがおしっこまみれ、泥炭の粉まみれだったことが頭に浮かんだ。もしかしたらあいつは、家に帰る前にこっそりと体を洗い、お母さんは何も知らないかもしれない。もしそうなら、こっちは助かるんだけど……。でもやっぱり、そんなことはありそうもない。ギュンターのようなやつは、そんなふうに気がまわったりしないものだ。

ぼくは牛乳缶を置く台から飛びおり、学校かばんを持って、家に帰った。家までは遠くはなく、一キロほどだ。昼食にはもうありつけないだろうから、途中で木から林檎を一個とった。遅くなった言いわけは、どうしよう？ ギュンターのところへ行ったせいで、こっぴどく叱られることになるかもしれない。けど、それはギュンターのせいじゃない。

ぼくは村の広場を抜け、バルテルメス亭のそばを通りすぎた。門には、さっきレオンハルトが乗っていた自転車が立てかけてあった。バルテルメス亭には幽霊が出る、といううわさだった。魔女の死体があり、白い鳥がいっぱいいる部屋がある、といううわさもある。でも、ぼくは信じない。レオンハルトの一家はそこの家畜小屋に住んでいて、ぴんぴんしているんだから。だが、この村では、魔法とか幽霊を信じている人も多い。

ノイバウアーさんの農場の前を通ると、両手に牛乳缶を持った若いおかみさんが、納屋から豚小屋に走っていくのが見えた。走るのが遅いと、だんなさんになぐられるのだといううわさだった。だんなさんはよそから移住してきたが、難民ではなかった。奥さんがゆっくり歩くことも許さないこの男のことはみんなが知っていて、怒っていた。しかし、本人にはだれも何も言わなかった。

台所のテーブルはもう片づけられていた。ハエが何匹かテーブルクロスの上をはい、かけ時計がカチカチと音を立てている。あたりは昼休みの静けさだ。ぼくはノートを取り出し、宿題を始めたが、ついギュンターのことを考えてしまい、集中できなかった。どこにいるんだろうか、あのまぬけなギュンターは？

そのとき、いとこのアンネマリーが台所に入ってきて、オムレツを作ってあげようか、と言った。

「オムレツって何？」ぼくはその言葉を聞いたことがなかった。

「卵で作った、パンケーキの形をしたものよ。きっと好きだと思うわ」

アンネマリーはこんろの上にフライパンを置き、薪をくべ、卵を深皿に割り入れた。ほかにも何か入れていたが、なんだかわからなかった。

「学校はどうだった？　どうしてこんなに遅くなったの？」

ぼくは言いわけを考えていなかった。この家の人たちには、うそをつく必要も、言いわけをする必要もなかったからだ。それに、両親の家にいたころのように、うそをついたりしたくない、と強く思っていた。だからノートの上にかがみこんで、こう言った。

「ゴルトナー先生の歯が抜けたんだ」

それはうそではなかった。もっとも、一週間前のことだったけれど。

アンネマリーはテーブルに座って、ぼくが食べるのを見ていた。

「エルヴィンは、今日は股割れズボンをはいてこなかった。はいてきてたら、学校で笑われたはずだよ」

「かわいそうに。笑うようなことじゃないのに」と、アンネマリーが言う。「でも、エルヴィンたちがギュンターっていうクラウゼンの子にやったことも、笑いごとじゃないわ」

ぼくは赤くなった。でも、食べているところだったので、アンネマリーには気づかれなかったかもしれない。ここでぼくが、「ギュンターがどうしたの」などと聞いて、自分は何も知らないかのように振る舞おうとしたら、ぜったいに口をすべらせてしまう。でなければ、うそをつくことになる。だからぼくは聞かなかったふりをし、最後のひと口を口に押しこんだ。

オムレツはおいしかった。ぼくは食べ終えた皿を脇に押しのけて、言った。

「学校の宿題がたくさんあるんだ。そのあと、牛をハイドモーアに連れていくよ」

ぼくが鉛筆を握ると、アンネマリーは何も気づかなかったようすで、フォークと皿を洗い、出ていった。

ぼくは、早くこの一件が終わってくれればいいのに、と思った。学校の宿題は終わっていなかったけど、片づけをし、着替えて外へ出た。

裏の草地に出る柵を開けると、牛たちはすぐに心得たようすで、ぼくの横を通りすぎ、草地から村の広場へ向かい、バルテルメス亭を右に曲がって、ノイバウアーさん、マーラーさん、ゾンマーさんの農場を通りすぎ、小川を渡った。牛はハイドモーアにあるうちの牧草地への道を知っている。

ローラントが、仕事があるのを喜んでいるようすで、ぼくの前を駆けていく。牛がよその牧草地でウマゴヤシやカブの葉を食べようとしても、ぼくは「ローラント！」とひと声かけるだけでよかった。そうすれば、ローラントはすぐに何かまずいことがあるとわかり、駆け出すのだった。こんな利口な犬、なかなかいない。

九頭の牛がすべてうちの牧草地に着き、静かに草を食みはじめると、ぼくはローラントといっしょに、牧草地を見おろす丘の小さなシラカバの木の下に座る。いつもここに座るのだ。丘から、牧草地とは反対側もふり返ってみたが、そっちにある泥炭のくぼ地はよく見えなかった。

くぼ地で働く坑夫たちはあまり声を立てない。トロッコがレールの上を低い方へ走っていく音や、泥炭をたっぷり積んだ荷馬車が揺れながら出ていく音はよく聞こえる。だれかが何か叫ぶこともあるが、何を言っているのかまではわからない。どっちみち、ぼくには関係がないことだ。

ギュンターを閉じこめたあの壊れたトロッコは、運び去られたのだろうか。それとも、あれを使って仕事をしているのだろうか。

モミの木の下の茂みをキツネが突っきって走っていく。ローラントもそれに気づいて頭を上げたが、退屈そうに目で追うだけだった。キツネは足が速すぎて、ローラントは追いつくことができないのだ。捕まえる前に、キツネは自分の穴に姿をくらましてしまう。

今、ウマゴヤシが生えているところは、ジャガイモの畑だった。秋にはみんなで畑にずらりと並んで、ジャガイモをとり入れた。家族全員が膝をついて、ジャガイモを手提げ籠に投げ入れていく。ここの土は砂を多く含んでいてやわらかいが、土の中に石があると掘り出さねばならず、苦労する。めいめいが二本のうねのあいだを進み、左右のジャガイモをとり、籠がいっぱいになると、いとこたちが馬車に乗せてきた大きな籠に移す。うねの端まで行くと全員が立ちあがり、伸びをし、次のうねにとりかかる。

ぼくはどうがんばっても、大人たちからは少し遅れてしまう。でも、おばさんがよく、まったくなんでもないという顔で、ぼくのうねの先の方を少し手伝ってくれる。おかげで、ぼくもみんなと同じときに、うねの端に着くことができた。

ここでジャガイモやライ麦を収穫しているときには、キツネやノロジカの姿は見かけない。森に隠れているのだ。

ぼくは、ギュンターのことをどうしたらいいのか、途方に暮れていた。できることなら忘れてしまいたかった。だけど、そんなわけにはいかない。ぼくたちは、何かしなければいけない。何をしなきゃいけないのかは、まったくわからない。けど……。

たぶん、今晩、姉さんに手紙を書いてみたらいいかもしれない。姉さんはぼくより利口で、よく、困ったはめになったぼくを助けてくれるのだ。

6

ぼくは、泥炭（でいたん）のくぼ地にだれかが来ているか気になって、森の小道へ行く角を曲がってみた。ずっと向こうで何か動くものがある。レオンハルトとエルヴィンかもしれない。ほかの仲間かもしれないが、よくわからない。ディートリヒの家は、畑がなく、牛も飼っていないので、手伝って働く必要がないから、あいつかも。

仲間たちは午後ひまがあると、数日ごとにハイドモーアにやってきた。ときどきは、薪（たきぎ）を集めるために荷車を引っぱってくることもあった。でも、来てもあまり長い時間はいない。ぼくといっしょに座っているだけでは退屈（たいくつ）だからだ。たいていは少しふざけると帰ってしまい、ぼくはひとり残される。

今日は、仲間たちはいつもほどきげんがよくなかった。だれも泥炭（でいたん）の山をひっくり返したりしない。レオンハルトとエルヴィン、それにディートリヒが、ぼくのすぐ近くに座（すわ）った。

「ヴァルターはどうしたんだい？」と、ぼくは聞いた。マニとルイーゼのことは聞かなかった。ふたりはぼくと同様、家の仕事をしているはずだからだ。

三人はだまってぼくを見つめた。レオンハルトが、いつものようにあいまいなにたにた笑いを浮(う)かべて言った。

「わかってるかぎりでは、やつは名前をもらしていない」

「だれが？」と、ぼくは聞き返した。

「頭のいかれたギュンターさ」

「あのこと、もうみんなに知られてるのか？」ぼくは用心深く聞いた。

エルヴィンが肩(かた)をすくめ、「ぼくとヴァルターがその場にいたのなら、ぼくをなぐり殺してやるって父さんが言ってるんだ」と言って、頭をかきむしった。

「ぼくは母さんにいきなりビンタを食らったよ。それも、力いっぱいやられた！」と、ディートリヒ。

レオンハルトは何も言わないで、石で枝をたたいている。

「ギュンターがしゃべっていないんなら、いいじゃないか」と、ぼくはほっとして言った。でも、レオンハルトが静かにしているときは、たいてい何か悪だくみをしているのだ。そう思いあたると、ふたたびいやな気分になった。

「いいことなんかあるもんか！」レオンハルトは石で枝をたたきながら、ぼくをにらみつけた。

「いったいどうなるっていうんだい？」

「何が起こってもおかしくないさ！」と、レオンハルト。「もしばれたら、おれの家族は家を追い出されるし、おれたち全員、学校からも追い出される。それでまた、難民は犯罪者だ、村の子どもたちに悪い影響を与える、なんて言われる。ギュンターのやつだって、永遠にはだまっていないだろう。今はまだしゃべってないが、それはこわがっているからさ。けど、何があったかはもう、村じゅうにばれてる」

「きみのお母さんも知ってるの?」と、ぼくは聞いた。まるで、それが重要なことみたいに。

「村じゅうでうわさになってるんだぜ。やつが、だれにやられたのか言わなかったことも。といっても、村の人たちはおれたちを疑ってる。目撃者はいないようだけど。やつはそのうち、しゃべってしまうに決まってる。おまえたちだって、やつのことをよく知ってるじゃないか。ずっとだまってなんかいられない。そういうやつだよ」

「じゃあ、どうする?」ぼくはそのときまでローラントをなでていたが、なでるのをやめてしまった。急に、喉がしめつけられるような感じがしたからだ。

「なにが、じゃあどうする、だ」レオンハルトがぼくをどなりつけた。「エルヴィンの親父はエルヴィンをなぐり殺すと言ってるんだし、ほかの者だって似たような目にあうんだ。おれの母さんも、けつがひりひりするまで、おれをたたくだろうさ。それにもう、施設に入れるとおどされてるんだよ。施設ってどんなところか、知ってるか?」レオンハルトは暗い顔をして、石で枝をたたきつづけた。「……おれたち、やつがしゃべらないように、なんとかしなきゃ」

「でも、どうやって?」ディートリヒが聞いた。

「あいつにはもう、うんざりだ。今度見かけたら、森に誘いこんで消しちまおう。そうすれば、もう悩まされないですむ」

レオンハルトが真剣に言っていることは、すぐにわかった。ぼくはぞっとした。「だれかを消す」という言葉は、軽く聞こえた。でもレオンハルトは、軽い気持ちで言っているのではない。「消す」というのは、だれかの首をしめたり、棍棒でなぐったりして殺す、という意味だ。ギュンターがもう動かなくなるまで打ちのめす――だれもがいらないという猫のように。

そのときふいに、わらの下に隠してあるおじさんのカービン銃のことが頭に浮かんだ。今の今まで、思い出すこともなかったし、今もまだそこにあるのかさえわからないのに。そうだ、ギュンターを撃ち殺すこともできる。どこか村から離れたところで。そうすれば、だれにも銃声は聞こえない……。

そんないろんな考えが頭の中を駆けめぐった。といっても、はっきりと考えたわけじゃない。勝手にいろんなことが浮かんできただけだ。ぼくは気分が悪くなってきた。

「だけど、どうやって、そんなことをやるんだい？」エルヴィンが聞いた。

「ちゃんと考えてある」と、レオンハルトは答えた。「泥炭の沼に沈めるんだ。そうすれば、やつは永久に消える。泥炭を採掘したあとに黒い水がたまってる、深い穴があるだろう？　やつをあの沼みたいな穴に投げこむんだ。まちがって落ちたと、みんなで口裏を合わせればいい。おれたちは助けようとしたんだって。みんな体を濡らして、泥炭も少し、それらしくつけておくのさ。

そうすれば、おれたちがやったとは疑われない。そういう事故は起こりうることだからな」

「でも、あいつが沈まなかったら？」ディートリヒの声は不安そうだった。

「棒を持っていく。それで突いて沈めてやる、深いところへ」レオンハルトが説明した。

ほんとうに、すっかり考えてあるんだ。棍棒でなぐるよりも、簡単そうに聞こえる。カービン銃を使うよりも。それとも、首をしめるよりも。泥炭の沼に沈めてしまえば、何も見えなくなる。

それでも、レオンハルトの言うとおりにするのがいい、と思ったわけじゃない。確かにそれがうまくいけば、ぼくは、あの信仰にこりかたまっている寄宿学校に入らなくてもよくなるだろう。だけど今は、そんなことを考えちゃいけない……。

「やつがまた学校に出てきたら、おれたち、すごくやさしくして、仲間に入れてやるんだ。村の広場でキッペ・カッペ（ドイツ北部の一地方だけに伝わる、木片を飛ばして競うゲーム）をやるときも、ドッジボールをやるときも、誘って連れていく。次の日曜日に、このハイドモーアに連れてくるまでだ。それから、実行する」と、レオンハルトが石で枝をたたくのをやめて言った。「あの場にいた全員でやらなくちゃいけない。おれたちは今、団結しないといけないんだ！」

それから三人は行ってしまい、ぼくだけがあとに残された。ぼくは、そんなことをするのが正しいことだとは思えなかった。しかし、そう考えても気持ちは落ち着かなかった。ぼくはレオンハルトのことをよく知っていたからだ。

森の縁まで行ってみると、遠くから、泥炭を掘っている坑夫の大声が聞こえた。ぼくは泥炭の沼のことを考えながら、キノコはないかなと思って棒でつついたけど、見つからなかった。ちゃんと探したわけではなかったけど。

いつも七時には牛たちを連れて家に帰る。時計は持っていないが、ブラッサウの教会の塔の時計が七回鳴った。遅くなってしまった。でも、急げばなんとかなる。

村へ帰る途中の小川で、牛たちに水を飲ませることになっていた。牛たちは喉が渇いているから、水辺に連れていくのは大して難しくない。でも牛は、乳をしぼってもらうために家畜小屋にも帰りたいから、ローラントが助けてくれなければ、さっさと小川を素通りして行ってしまうこともありうる。そうなったらあとで、ポンプでバケツに何杯も水を汲み、牛小屋に持っていってやらないといけなくなる。そんなの大変だし、ぼくはこっぴどく叱られる。でも、そんなことはめったに起こらない。

夕食の席ではみんなが低地ドイツ語で話していたので、ぼくにはわからないところもあった。だれかがギュンターの話を持ち出すんじゃないか、とぼくは思っていた。家の人たちだって、うわさは聞いているだろう。

でも、アンネマリー以外、だれも話しかけてこなかった。なんだか変だ。村で何か変わったことが起これば、家の人たちは「何か聞いてるか」と、ぼくにたずねる。ぼくはいろんなうわさを知っていたから。

まもなく、ぼくはベッドに入った。できれば少しロッテに乗りたかったのだけど、フリッツは日曜日にしか乗らせてくれないのだ。「仕事のあとは、馬に元気を回復する時間をやらなければならない」と言って。

ギュンターのことをだれかに話すとしたら、フリッツしかいない。でも、フリッツに話すのは難しいかもしれない。ぼくたちがやったことを話せば、フリッツはぼくにビンタを食らわすだろう。それだけではなく、おじさんに話してしまうかもしれない。

でもフリッツは、ぼくに話しかけてこなかった。

学校の宿題の残りは、明日の朝食前に大急ぎで終わらせればいい。とにかく、そのつもりでがんばろう……。

7

学校へ向かう途中、ローゼネクから来ているイルマ・ラウマンといっしょになった。

「ギュンターがどうしてるか知ってる？」と、ぼくはたずねた。クラウゼンはローゼネクのすぐ近くなのだ。ギュンターのお母さんは、収穫などの仕事があるときは、ローゼネクのラウマン農場で働いていた。

イルマはいつも、ウールのやわらかそうなセーターを着ている。ぼくは、イルマのことがほかの女の子より気に入っていた。ヘルガ・スルミンスキを除いては、ということだけど――。でも、その気持ちを彼女にさとられないようにしていた。

「ギュンターがいったいどうしたっていうの？」

「三日も休んでいるだろ」

「そうね、だから？」

「病気かな？」

イルマはぼくがはっきりたずねたのに、まともに答えてくれなかった。いやな感じだ。

「いなくなっちゃったみたいね。フレディは、どうしてそんなこと知りたいの?」

　こう言われて、さらに気分が悪くなった。何か知っているんだったら、はっきり言ってくれればいいのに。ぼくはだまりこんだ。これ以上疑われるようなまねをする必要はない。イルマはきっと、何が起こったのか知っているんだ……。

　そのとき、レオンハルトがぼくたちのあいだに割りこんできた。

「おや、おふたりさん、ないしょ話かい?」にやにやしている。いつもながら、いやらしい笑い方だ。ぼくは顔に一発食らわせてやりたくなった。イルマはさっさと行ってしまった。レオンハルトのことが嫌いなのだ。

「あの子にギュンターのことを話したのか?」と、レオンハルト。「いいか、おれたちで決めたことを、決めたとおりにやるんだ!」

「きみが決めたんだ」と、ぼくは言い返した。「きみが、あいつを殺すって言ったんだ」

「いっしょにやるんだ。それははっきりしているじゃないか! あんなやつ、どうなったっていいだろ」怒ったようにぼくをにらむと、レオンハルトはさっさと行ってしまった。

　ぼくはぼんやりと教室に入り、ノートを探しながら考えた。レオンハルトとけんか別れするのはまずい。だけど、どうしたらいいんだろう? ディートリヒやマニと話してみようか? それともヴァルターと? でも、話すって何を? ヴァルターはひとつ年下で、ほんとうのところ相談相手になんかならない。

頭に血が上ってきた。ぼくたちがギュンターを殺し、それがばれたら、そのときは……そのときは、どうなるんだろう。きっと最低でも、修道院の寄宿学校行きだ。でも、そんなのはちっぽけな心配ごとだ。ほかにもっと大事なことが……。

この日も、ギュンターは学校に来なかった。その翌日も来なかった。


次の週の水曜日、学校が終わったあと、ぼくは急いで家に帰った。うちの人たちみんなで村の外の畑を鋤くことになっていて、ぼくはロッテに鋤を引かせることになっていた。やり方は知っていたが、まだひとりでやったことはなかった。

中庭の馬小屋の前で、いとこのフリッツが知らない男の人と話していた。

「こっちへ来いよ、フレディ」フリッツが声をかけてきた。「この人、だれだかわかるか？」

ぜんぜんわからない。

「ぼくたちのいとこのグスタフだ。捕虜になってたけど、ようやく戻ってきたんだ。ダッハウ（ドイツ南部の町。一九三三年にナチスが強制収容所を作り、終戦までのあいだに政治犯やユダヤ人など四万人以上がここで殺されたといわれる）でひどい仕事をさせられてたんだよ」

「ひどい仕事って？」

聞いてもむだだとわかってはいた。大人に戦争や捕虜生活のことを質問しても、ほんの少ししか答えてくれないのだ。フリッツは十六歳で戦争に行った。ドレースデンが爆撃で壊滅したとき（ドイツ東部の町ドレースデンは一九四五年二月、連合軍の爆撃により壊滅した）、上官が家に帰っていい、と言ってくれたのだ。「子どもは家に帰るんだ！　戻ってくる必要はないからな」と言って、休暇証明書を渡してくれたのだそうだ。それくらいしかぼくは知らない。ただ、フリッツが帰ってきたのは、だれにとってもうれしいことだった。

ぼくはグスタフと握手した。フリッツより少し年上で、がっしりした体格だ。ぼくはすぐにグスタフが好きになった。なんともいいがたい独特の笑みを浮かべていて、ぼくに話しかけるときも、子どもあつかいはしないのだ。

これまでグスタフに会ったことはなかったが、グスタフたちのお母さんで、車椅子に乗っているマルガレーテおばさんには、何度か会ったことがあった。

「グスタフは仕事が見つかるまで、うちの収穫を手伝ってくれることになったんだ」と、フリッツが説明した。

フリッツはよく、ほんとうならぼくなんかに話さなくてもいい大人の事情を話してくれる。ぼくはそれが好きだった。フリッツとは、ギュンターのことを話す機会が作れなかったけれど、グスタフに相談してもいいのかもしれない——もう少し彼とよく知りあってからだったら、とぼくは考えた。グスタフはいろんなところへ行っていて、見聞が広いようだから、ほかの人が思いつかないようなことを言ってくれるかもしれない。ぼくがなぜ、会ったばかりのグスタフを信用したのかはわからない。ただ、信頼できると感じたのだ。

そのとき、エルヴィンのお父さんが自転車でやってきて、ぼくたちのそばで止まると、グスタフに手をさし出した。

「やあ、戦友。あんたが戻ってきたと聞いてね。わたしはロニーだ。どうも、あんたと同じ方面にいたようなんだ。ほかの戦友も全員放免されたのかね？」

　グスタフはその話をしたくないらしく、のろのろと答えた。

「大勢が捕虜になった。まだイギリスの裁判を待っている者もいる（ドイツの戦争犯罪は、地域や内容により、連合国の各国によって裁かれた）。アメリカのあつかいはそれほど厳しくはないそうだが」

「いまいましい。難儀な話だな」と、エルヴィンのお父さん。

「連中はまだ証拠を探している。ぼくは幸運な方だった。ダッハウでアメリカ兵に使われて片づけをしていたんだ。また何かで呼び出されるかもしれないが」

「わたしは四五年の初め、休暇から隊に戻らずに逃亡し、家族の行き先を探すことにした」と、エルヴィンのお父さんが言った。「逃げている途中のヴァルテガウ（現在のポーランドにあった、ナチスの支配領域。国際法に反してドイツに編入された）で、偶然、家族と会えた。妻は子どもたちと年老いた自分の母親を連れて、幌馬車で、それまで住んでいたところから逃げ出してきていたんだ。わたしと会っていなかったら、それ以上は進めなかっただろう。わたしは抜け道を知っていたからな。だが、もし逃亡兵として捕まっていたら、わたしは今ここにはいないだろう」

「捕まるって、だれにです？」と、フリッツが聞いた。

「だれだって同じさ、SS（ナチスの武装親衛隊。正規軍とは別組織で、開戦当時のドイツではエリートと目された）だろうが、ロシア人だろうが。わかるだろう、間一髪だったんだ！　逃亡兵だという疑いがあれば、あいつらは全員を殺した。とくにSSがやる裁判なんて、あってないようなものだった。あいつらは戦争に負けてることなんか、どうでもいいようだった」

それからエルヴィンのお父さんは、フリッツの方を向いて言った。

「じつはここに来たのは、ギュンターというあのかわいそうな子のことでなんだ。あの子に何があったんだ？　うちのエルヴィンには一発食らわしてやったが、なんにも知らないと言いはってる。もしあいつがその場にいたんなら、施設に入れてやる。子どもってのは、平気でうそをつくからな。父親が長いあいだいなかったのもよくないが、まったくだめになっている」それからエルヴィンのお父さんはぼくをにらみつけ、耳をつかんだ。「で、おまえはどうなんだ？」

「ぼ、ぼくが何をしたっていうんですか？」ぼくはつっかえながら聞き返した。

「おまえはその場にいたのか？　あの子がいじめられたときに」

「この子はそんなことはしない」と、フリッツが言って、ぼくの耳を放させた。「そうだろ、フレディ？　おまえはそんな卑劣なことはしないよな！」

ぼくはうなずいた。

「いったい何があったんだ？」と、グスタフが器用に薄紙でタバコの葉を巻きながらたずねた。

「何人かのガキが、クラウゼンに住んでるちょっと抜けてる小さい子を、めちゃくちゃに痛めつけたんだ。でもその子は、だれにやられたのか、言わないんだ」

「ケガをしたのか？」と、グスタフが聞いた。

エルヴィンのお父さんは首を横にふった。

「今でもちょっと耳鳴りがするそうだがな。この村のガキどもじゃないなら、ほかのだれだっていうんだ。大人はそんなことはやらん」

「ひょっとしたらポーランド人かもしれないぞ。相変わらず、このあたりをうろついているそうだから（第二次世界大戦中、ドイツは占領したポーランドなどから強制的に連行した人たちを、ドイツ国内で働かせていた）」と、グスタフ。「そのギュンターって子には、父親はいないのか？」

「捕虜になっているそうだ」と、フリッツが口をはさむ。「ぼくの知るかぎり、今も無事かどうかはわからない。四四年の夏に捕まったという話だ。それで奥さんが、ちょっと知恵のたりない子どもといっしょにクラウゼンに住み着いたんだ。やったのはこの村の者じゃない。クラウゼンにも若いのが、それも相当に悪いのがいるだろう？　何人かは本物の犯罪者だ。そっちを調べた方がいい。どうしてその子は、何も言わないんだろう？」

「さあな」と、エルヴィンのお父さん。「しゃべったら殺されると思って、こわがってるってところじゃないかな。じゃあ、これで」お父さんは自転車をこぎかけてやめ、たずねた。「あのギュンターって子、どうしてあんなふうなんだ？」

「髄膜炎にかかったそうだ。このへんに医者はいない。ここに障害が残ったんだな」と言って、フリッツは自分の額を軽くたたいた。

「ちゃんと治っているのかもしれないぞ」エルヴィンのお父さんが言う。「わたしは医者じゃないし、ほんとうのところはわからないが。かわいそうな子だ」

それからグスタフとフリッツと握手し、ぼくの頭をなで、もう一度自転車にまたがった。

「きみはそんなバカなことに加わってはいないんだろ？」と言って、グスタフがぼくの肩に手を置いた。

ぼくはうなずいた。そして気分が悪くなった。だって、うそをついたようなものだから。でもうなずいただけなら、ほんとうのうそとはいえないだろう。ぼくは赤くなっていたと思うが、フリッツもグスタフも気づいていなかった。フリッツがエルヴィンの母方のおばあさんのことを話していたからだ。

おばあさんは馬車で避難していたとき、ここに着く前に突然死んでしまったのだが、あたりの地面は硬く凍てついていて、埋葬することはできなかった。そこで、遺体をジャガイモ袋に入れ、馬車の後ろに積んで、さらに進んでいった。ほかにどこに置いておけただろう。ところが翌日の夜、その袋は盗まれてしまった。豚か牛の死体が入っていると思われたのだろう。たいていの農夫は逃げ出す前に、途中で飢えないようにと考え、大急ぎで殺した家畜を運んでいたからだ。こうして、死んだおばあさんは消えてしまったのだった。

袋を開けたときに泥棒がどれほど驚いたかを考えると、これはおもしろい話だった。でも一方では、とんでもない話だった。グスタフもフリッツも、話しながら笑ったりはしなかった。

そういえば、グスタフの写真を見たことがあった。帽子に髑髏のマークのついた、SSの制服姿の写真だ。でもその写真は、目の前のグスタフとあまり似ていなかった。グスタフのお母さんがその写真を、食器棚の上に飾っていたのだ。その横には、グスタフの弟のカール＝ハインツとヴィリーの写真もあった。ヴィリーもSSの制服を着ていた。

半年ほど前に、ぼくはおばさんとおじさんに連れられてグスタフのお母さんのマルガレーテおばさんを訪ねた。大人はコーヒーを、ぼくはココアを飲んだ。家には、きれいな女の人もいた。黒くたっぷりしたおさげ髪がよく似合う、大きな黒い目の若い人だ。少しすると、左手に障害があり、足も片方ひきずっていることがわかったが、そんなことはどうだっていい気がした。

と、お茶を飲んでいるとき、突然、パンと破裂音がし、ガチャガチャという音が続いた。流し台の上にある鏡が粉々に割れ、そこらじゅうに、かけらが散らばったのだ。

するとマルガレーテおばさんは、カール＝ハインツがたった今死んだ、と言い、泣き出した。あとになっておばさんは、帰還兵から、ほんとうにその日にカール＝ハインツが死んだと聞いたらしい。ロシアで捕虜になっていて、餓死したのだ。

グスタフのもうひとりの弟のヴィリーは、まだハイデルベルクの捕虜収容所に入れられているが、まもなく解放されるかもしれない、という手紙が来ていた。

フリッツの話では、ヴィリーは愉快なやつだ、帰ってきたら、また戦前同様、牛や馬のひづめをととのえる装蹄師兼牛乳の検査員の仕事に就くだろう、ということだった。いつもうまい冗談を言うので、農夫たちに人気があったんだよ……。

その日からグスタフは、ぼくたちが畑に行くときは、たいていクレンツェからやってくるようになった。そして、ひと言もしゃべらず、何時間でも働いた。みんなが座って休むときも、ほとんどしゃべらなかった。いやな経験をしてきたせいかもしれない。

「あの子がどんな経験をしてきたかなんて、聞かない方がいい」と、グスタフのお母さんは言ったそうだ。ひょっとしたら、人を殺し、そのことを話せないでいるのかもしれない。グスタフは、ぼくが今感じているのと同じようなことを感じているのかもしれない。ぼくたちはまだ人を殺したわけじゃないけど……。そんなことになるかどうかもわからなかったが、それでも、ぼくは不安だった。

エルヴィンのお父さんに問いつめられそうになったときは、フリッツとグスタフに助けてもらったけれど、ぼくの心は楽にはならなかった。もしひとりだったら、エルヴィンのお父さんの追及から逃れられなかっただろう！

ぼくたちは二週間待ったが、ギュンターはやはり姿を見せなかった。あのことは、たぶんこのままうやむやになるのだろう。

ぼくたちが彼にしたことについては、ぼくたちの知るかぎり、もう、だれもうわさしていなかった。日がたつにつれ、ぼくは安心するようになった。

8

日曜日の朝、ぼくはフリッツの鞍を使って、ひとりで遠乗りに行っていい、と言われた。とても誇らしかったけれど、同時に少し不安も感じた。でも、だれにもそんなことは言わなかった。

フリッツはロッテに鞍をつけるのを手伝ってくれながら、注意した。

「いいか、気をつけて行けよ！　ギャロップをさせちゃだめだぞ！」

ぼくが鞍のベルトをきつく引くと、ロッテは腹をふくらませた。

「途中でベルトをしめなおさないといけないかもな。ひとりで乗ったり下りたりできるか？」と、フリッツ。

「もちろんだよ！」

ロッテは長いあいだ、鞍をつけたことがなく、鍛冶屋に行ったとき以来、だれも乗せていなかった。ロッテは農耕馬だが、農耕馬でも、乗れるのはうれしかった。

家族みんなが、おじいちゃんまでもが松葉杖をつきながら、にこにこして見送ってくれた。農場の門を抜け、村の広場を通って、ハイドモーアの方向へゆっくりと進んでいく。ロッテはおとなしく歩いていたが、ぼくがむちを鳴らすと、ほかに何もしなくても、速歩になる。もっと運動したがっているようだ。

うちの牧草地に出ると、ノロジカが森の縁で草を食んでいるのが見えた。シカはちょっと頭を上げたが、それ以上こっちを気にかけるようすはなかった。それから右へ曲がり、泥炭のくぼ地に通じる、トロッコのレール沿いに森を抜ける道を進んだ。

今日はまったく静かだ。坑夫もいないし、監督もいない。坑夫たちが仕事を終えるとき片づけをしなかったみたいに、そこかしこに鉄の部品や車輪が散らばって、雑然としている。いつも片づけなんかしないのかもしれない。片づいてなくても怒る人はいないから、片づけなくていいのかも。

森の地面は初めのうち硬かったが、沼に近づくとやわらかくなってきた。ロッテの前足のひづめが少し沈む。ひき返した方がいい。ぼくはロッテを止めた。黒く深い沼の方に目をやったが、何も動くものはなかった。トンボ一匹飛んでいない。ただ、沼から泡が上がってきて、腐ったような、すっぱいような臭いがした。シラカバの倒木が半分水につかって、根が空中に突き出ている。

ぼくはロッテから下り、長い手綱を枝にむすぶと、口のはみを外してやった。ロッテはすぐにあたりの草を食みはじめた。ぼくは小さな沼を一周しようとしたが、そこらじゅうにやぶがあって、簡単にはいかない。

ここは、レオンハルトがあのことをやろうと言っていた場所だ。もうあんなこと、実行しないだろう。もしかしたら、もうやらないよな、とはっきりレオンハルトと話した方がいいのかもしれない。ギュンターはきっとしゃべらないだろう、だいたいもうこのあたりにはいない、消えてしまったんだから——たぶん永遠に、と。

あのことがこのまま収まってくれればいい。エルヴィンとディートリヒとマニも反対すれば、レオンハルトはどっちみち何もできないだろう。

でもじつは、その件はまだ収まっていなかった。レオンハルトは頑固で、何度もその話をむし返していたのだ。レオンハルトはぼくたちよりも二歳年上で、いつも、どうするか自分が決めたがる。沼のまわりのやぶと格闘しながら、いったいどうしたらいいんだろう、とぼくは考えていた。

そのとき、興奮した短いいななきと、あわてたような馬の足音が聞こえた。

ぼくは駆け出した。根っこにつまずきながら走り、レールを跳びこえる。収穫を終えたライ麦畑の向こうの道をロッテが疾走していくのが、ちらりと見えた。ロッテは頭を高くもたげて、たてがみをひるがえしている。

ほどけてたれている手綱を踏めば、ロッテが転倒してケガをするかもしれない、という考えが最初に浮かび、ぼくは愕然とした。

どうして、もっとしっかりつないでおかなかったんだろう？　たぶんロッテはキツネか何かに驚き、走り出したのだ。まだこのあたりのことをよく知らないから、家には帰れないにちがいない。もし帰れたとしても、ぼくを乗せずに手綱をたらして、農場に駆けていったりしたら、家では大騒ぎになるだろう。

大変な失敗をしてしまった！

こうしたすべてのことが、頭を駆けめぐった。ぼくは狂ったように大声でロッテを呼びながら、あとを追って走った。ロッテはもう遠くへ行きすぎていて、聞こえるわけはないのに。自分の息が猟犬のように荒くなっていることも、どうでもよかった。

ぼくは、ロッテが姿を消した森の入口にたどり着いた。ロッテが落ち着きを取り戻し、足を止めて近くで草を食んでいてくれればいいんだけど……。

ぼくは森に駆けこんだが、ロッテの姿は見えず、何も聞こえなかった。分かれ道にさしかかり、ぼくはとっさに左へ進んだ。百メートルほど先の小さな空地に出たころには、もうふらふらだった。この空地には錆びた自動車の残骸があり、以前は仲間たちとよくここで遊んだものだった。ぼくは目の前がまっ暗になり、脚がもう動かない。

そんな状態だったので、最初は気がつかなかったのだが、錆びた自動車のへこんだボンネットの上に、ギュンターが座っていた。ぼくはギュンターのそばで背を丸めて立ち、呼吸をととのえようとした。

ギュンターはこっちを見ようとはせず、ナイフでモミの実をつついていた。ボンネットの上には、モミの実の小さな山ができている。

「ここで何をしてるんだい？」ぼくはまだあえぎながら言った。

ギュンターはナイフをたたんでポケットに突っこむと、ぼくを見つめて言った。

「ここにはモミの実を集めによく来るんだ。母さんが、たきつけに使うから」

ぼくはたずねた。

「馬を見なかった？　すごい勢いで走っていったんだけど……」小さな希望がわいてきた。「背中の反ってる、こげ茶色の馬なんだけど」

ギュンターはボンネットから下りながら言った。

「雌馬でしょ。そのわりに気性が激しいね」

「見たのかい？　どこに行った？」

ギュンターは、もとは青かったとかろうじてわかる錆びたボンネットを、モミの実でコンコンとたたいた。

「馬を逃がしちゃった人が探しにくるんじゃないかと思って、止めて、つないでおいたよ。すぐそこに……」と、あいまいに手をふる。ギュンターが、しゃべるときにほとんどつっかえていないことに、ぼくは気づいた。「連れてってあげるよ！」

ぼくは、自分が幸運だと喜ぶべきなのか、いらいらしているのか、ほっとしているのか、きまりが悪いのか、わからなくなった。

「つないでおいたんだけど、逃げちゃったんだ。キツネに驚いたのかもしれない」

「かもしれないね。トラケーネン産の馬（十三世紀ごろから軍馬などとして飼育されるようになった馬の種類）は神経質だっていうから。あの馬も、ハノーファー産やホルシュタイン産の馬のように落ち着いてはいないよね」

「あの馬が、トラケーネン産だっていうのかい？」

「まず、まちがいないよ！　ちょっと見は農耕馬みたいだけど、あの馬はトラケーネン種だとぼくは思うよ」

「馬のことをよく知ってるんだね」

「前にうちの農場で飼ってたんだ。四頭ね」

「最近どこかに行っていたの？　帰ってきたんだろ？」ギュンターの指さした方へ急ぎながら、ぼくは聞いてみた。

「もう少ししたらまた学校に行くよ。母さんとリューネブルクに行ってたんだ」

「親戚のところかい？」

そのとき、シラカバの木にロッテがつながれているのが見えた。ギュンターは、ロッテがちょっと草を食んだりできるよう、手綱を長めにしてつないでくれていた。見たとたんに、ロッテがもう落ち着いているのがわかった。

ギュンターは、ぼくの質問には答えなかった。ロッテが頭を上げ、ぼくの腕にこすりつけてくる。ギュンターは言った。

「この馬、きみのことが好きなんだね。じゃあぼく、そろそろ帰らなくちゃ」そしてポケットから網の袋を取り出し、つけくわえた。「モミの実をとってくる」

ぼくにとっても、そろそろロッテに乗って農場に帰る時間だった。

「ありがとう！」ぼくはギュンターの後ろ姿に大声で言った。でも、聞こえたかどうかはわからなかった。

帰り道には、ディートリヒの家のそばを通った。でも、門は閉まっていたし、昼どきだったので、静かな日曜日にわざわざディートリヒを呼び出すようなことはしたくなかった。

ロッテの腹の汗が乾くようにゆっくりとあたりを走らせ、家に着いた。箒を持ってポンプのそばに立っていたおじさんが、馬の背中から重い鞍を下ろすのを手伝ってくれた。

「おまえはきっといい騎手になれるぞ」と、おじさんは冗談めかして言った。

ぼくは以前は、もう少し大きくなったら、馬術協会の青少年部に入りたいと思っていた。そう話すと、フリッツも賛成してくれた。でもそのときには、今年がぼくがこの農場にいる最後の夏だということを忘れていたのだ。いったん両親の家に帰ったら、あとはどうなるかわからない。きっと、馬術協会でわくわくするような体験をすることなどできなくなるだろうし、いいことなんか何もないかもしれない。ぼくは、家に帰ることを考えたくなかった。

おじさんはこれまで一度も、ギュンターのことには触れなかった。うわさを聞いていたのかどうか、ぼくにはわからない。おじさんだけでなく、ぼくの前では、だれもそのことについて話さない。どういうことなのだろう？　うちの人たちは、ぼくがそんないじめに加担するなんて思っていないのだろうか？　それとも、その反対だろうか？　みんな、ギュンターがふたたび現れるのを待っていたのだろうか。ひょっとしたら、知らなかったのはぼくたちだけで、みんな、ギュンターがどこに行ってたのかを知っているのかもしれない。

でも、おじさんがぼくを疑ってたら、何も聞かないということはない。すぐに根ほり葉ほり聞くはずだ。おじさんはいい人で、陰険な人じゃない。もし聞かれたら、ぼくはうそをつくのだろうか？　考えているうちに、気分が悪くなってきた。おじさんにうそをつくなんて考えられない。ギュンターに会ったことを、午後に仲間たちに打ちあけるべきかどうか、ぼくはまだ決められないでいた。

ロッテを馬小屋に連れていき、飼葉をやり、干し草に空気を入れてふくらませた。それから、牛のようすを見に、牧草地に行った。もうすぐ昼食だ。ロッテが逃げたことについては、だれにも話さなかった。話すもんか。

午後には仲間たちと、森に出かけることになるだろう。レオンハルトがまたあの話を始めるだろうから、ほんとうは気が進まないけれど。

9

午後、仲間と顔を合わせても、何をして遊ぶか思いつかなかった。

「猟師が木の上に作った小屋で遊ぼうか？」と、マニが言った。

「でも、猟師が来たら……？」いつもびくびくしているヴァルターが言いかけたが、そこで言葉を止めた。

レオンハルトはポケットナイフで枝を削っていて、何も言わない。

倒木を越えて大きな石塚に登った。前に、ここにみんなでわらの小屋を建てたことがあった。でも今は、小屋を作る気になんてなれなかった。だれの頭の中にも、ほんとうにギュンターを殺すのだろうか、という疑問があったが、口に出す者はいなかった。

「茂みにいる猪を狩り出そうぜ」レオンハルトが目を上げずに言った。

「猪なんて、いったいどこにいるの？」ヴァルターが言って、不安そうに兄のエルヴィンの後ろに隠れた。

「マーラーの森だ。猪はあそこの茂みの中で、夜になるのを待ってるのさ。よし、追い出してやろう。行こう！」

　ぼくたちはだれも猪(いのしし)がいるなんて信じていなかったが、この日曜日はおそろしく退屈(たいくつ)だった。それに、だれも考えたくない例のことがあった。

「四方から輪をちぢめていって、猪(いのしし)を村の方に追い立てるんだ」と、レオンハルトが命令する。ぼくたちは言われたとおり、ばらばらに散った。しとめることなんかできないのに、どうして動物を追い立てなくちゃならないんだ？　バカげた話だ。カービン銃(じゅう)のことが頭に浮(う)かんだけれど、ぼくは何も言わなかった。

　わかっていたことだが、茂(しげ)みからは猪(いのしし)なんか一頭も出てこなかった。ヤマウズラが一羽飛び立っただけだった。でも、そうしているうちに三十分ほど過ぎた。もうすぐ家に帰る時間だ。みんながまた森の道に集まったとき、レオンハルトが言った。

「今からちょっと、沼(ぬま)を見にいこうぜ。あれを実行することになるかもしれないからな」

「どうしてやらなきゃいけないのさ、ギュンターは何もしゃべってないじゃないか！」ぼくは言った。

「いや、いずれ、しゃべる。ぜったいだ。だから、危険(きけん)を冒(おか)すわけにはいかない。あいつには消えてもらわないと」

「じゃあ、ぼくがあいつと話すよ。それで、あいつがだまっていると約束したら？　ぼくたち全員と約束させてもいい」

「約束なんかいくらでもできる。おれは問題になるのがいやなんだ。それに、ギュンターなんかあてにならない」

「じゃあ、そんなことして大人にばれたら？　いったいどんな目にあうと思うんだ？」

「おれたちが秘密を守れば、ばれたりしない。それに、大人なんか何もしやしない！」レオンハルトはむきになった。「大人がどれほど多くの人を戦争で殺したと思ってるんだ？　とりわけああいう連中を。ユダヤ人（ナチスは第二次世界大戦中、ユダヤ人を大量に虐殺した）やロシア人とかもだ」

「ああいう連中って、どういう意味だい？」と、ぼくはたずねた。

「頭がおかしい連中のことさ（ナチスは障害を持つ人々も組織的に殺した）。大人に聞いてみろよ！」

戦争でそうした人たちが殺されたなんて話は、聞いたことがなかった。

「なんで、頭のおかしい人たちを殺したんだい？」

「価値がないからさ、簡単なことじゃないか。だれだって知ってる！」

だけど、ぼくはそのことを知らなかったし、どう考えたらいいかもわからなかった。頭が混乱した。どう考えても、理由がよくわからない。ぼくは、大人のやることにそんなふうに感じることが、よくあった。

もしかすると、ぼくたちはもうこの件から抜け出せないのかもしれない。だけど、なんとかしなくちゃ……。ギュンターはぼくのために、ロッテを捕まえておいてくれた。ロッテはトラケーネン種の血をひいているとも言っていた。それなのに、頭が弱いなんてわけがない！　たぶん前は病気だったのが、今はよくなっているのだ。

　グスタフかフリッツに相談したら、どうしたらいいか考えてくれるかもしれない。でもいとこたちは、おじさんに話してしまわないだろうか？

　おじさんにこのことが知れれば、ぼくの両親に、ぼくをひきとりにくるよう、手紙を書くだろう。前にそういっておどされたことがある。そんなに悪いことをしたわけではなかったのに。ぼくたちが泥炭（でいたん）のくぼ地で火を燃やしているところを、ある農夫に見つかったのだ。この農夫がすぐにおじさんのところに来て話したせいで、大騒ぎ（おおさわ）になってしまった！　おばさんが、許してあげて、とおじさんを説得してくれたけど、あぶないところだった。

「あいつが戻（もど）ってきたら、やさしく話しかけるんだ。森でのことはひと言も言うんじゃないぞ、わかったな」レオンハルトはそう言うと、肩（かた）をそびやかして歩き出した。

　レオンハルトのことは好きだったが、ずる賢（がしこ）いキツネのような顔をすることがよくある、とぼくは気づいていた。だれかと仲よくなれば、いやなところは見たくないものだし、ぼく自身はレオンハルトに何かされたことはない。でも、レオンハルトにはやはり、いやなところがあるのだ。

　森でギュンターと会ったことを、ぼくは胸（むね）にしまっておいた。

10

ぼくたち六人の仲間は、学校のあるブラッサウへ行く道でたまたまいっしょになった。夏の終わりの晴れた朝で、暖かかった。畑の向こうの別の道に、ビショフとローゼネク、それにクラウゼンからやってくる子たちの姿が見えた。畑の作物はすでに刈りとられていたが、ギュンターがいるかどうかはわからなかった。

学校の入口のドアのところで、ゴルトナー先生の隣にギュンターが立っていた。新しい服を着ている。黒い半ズボンに青いシャツ、その上に飾り気のない上着を着ていた。ゴルトナー先生と何か立ち話をしているようすは、ギュンターのことを知らなければ、まったく普通に見えた。先生がギュンターにほほえみかけ、校舎に入っていくのが見えた。

「みんないっしょじゃ、だめだ。おまえだけ、おれといっしょに来い」と、レオンハルトが小声でぼくに言った。

ぼくたちは自然な感じで歩き、エルヴィンとヴァルター、マニ、ディートリヒは校庭のへいの方に曲がっていって、時間をつぶしはじめた。

「おや、また学校に来たんだな？」と、レオンハルトが声をかけた。「病気なのかなと思って、おれたち心配してたんだ」

ギュンターは何も言わなかった。レオンハルトのような話し方じゃ、返事をするわけがない。

「よかったら放課後、ぼくのところに来ないか」ぼくは口をはさんだ。「そのうち、ロッテに乗せてあげるよ。きみにその気があればだけど。馬に乗ったことはあるの？」

「あるよ」ギュンターが答えた。「よく乗ったよ」

「乗馬は好き？」

ギュンターは何も言わなかったが、ぼくと話をするのが見るからにうれしそうだ。

「そりゃあいいな。乗馬は楽しいだろう」レオンハルトはかばんをかかえ、教室に向かった。そろそろ行かないと遅刻になる。

「ロッテは、東プロイセンから来た難民の馬をひきとったんだ」と、ぼくがさらに言うと、ギュンターはにこっとして、ようやく返事をした。

「い、いっしょに行くよ」

なぜ、返事がつっかえているのだろう？　きのうは、ほとんどつっかえなかったのに。

「じゃあ、来いよ。そう遠まわりにはならないし。それと、もし日曜日に時間があったら……ぼくたちいつも、森で遊んでるんだ。心配しなくていいよ、もう、前みたいなバカなことはしないから」

ぼくは言いながら、卑劣だと思った。でも、言ってしまった。レオンハルトがこちらをうかがい、満足げに、にたにたするのが目に入った。

その日、十二時を少し過ぎたころ、ギュンターとぼくはふたりだけで、ぼくの村に向かって歩いていた。ぼくは馬小屋の戸を開けた。仲間のだれかに見られていないといいけど。ジョージとロッテはカラス麦入りの飼葉をもらったところで、うまそうに食べ、息を弾ませていた。

ぼくはロッテの頭をなでて、「触ってもだいじょうぶだよ」と言った。

そんなこと言わなくてもいいのは、わかっていた。ギュンターは馬をこわがってはいない。自分の家で、馬のあつかいを身につけているはずだ。でなかったら、ロッテをやすやすと捕まえてつなぐことなど、できたはずがない。

ギュンターはロッテの額を軽くかき、口を開けさせて、言った。

「あんまり若くないね。十二歳くらいかな」

「どうしてわかるんだい？」

「歯を見るんだよ」

その方法は聞いたことがあったが、なぜそんなにはっきりわかるのかは、なぞだった。どうやるのか教えてくれ、と頼めばよかったのかもしれないが、やめておいた。そんなに親しくなったら、日曜日はさらに難しいことになるだろう。

「東プロイセンで住んでた農場は、大きかったの？」

「すごく大きな農場だった。牛が百頭以上いたんだよ。……そろそろ帰らなくちゃ。でないと、母さんがまた心配するから」

「お母さんは厳(きび)しいの？」

「いや、もともとはそうでもないけど、今はよく心配してる。ぼくが病気だったからね。じゃあ、また」

「日曜日に？」

「そうだね、たぶん」

ぼくはギュンターを村の広場まで送っていき、走って家に戻(もど)った。台所には、ぼくのお皿がまだ出ていて、アンネマリーがジャガイモとハンバーグをよそってくれた。ぼくの大好物だ。

「外に来てた男の子はだれだったの？」アンネマリーは言いながら、ぼくの隣(となり)に座った。

「ああ、ロッテを見たいというんで連れてきたんだけど、もう帰ったよ」

「新しい友だち？　このへんでは見たことない子だったけど」

「この村の子じゃないんだ。でも、日曜日には森でいっしょに遊ぶかも」

ぼくは、それが大したことじゃないというように、笑(え)みを浮(う)かべようとした。が、うまくいかなかった。アンネマリーが、変だと気づかないといいけど……。

お皿が空になると、ぼくは宿題にとりかかった。でもあまり集中できなかったので、牛をハイドモーアに連れていくときにはほっとした。

11

ローラントとシラカバの木の下に座っていて、ふと、ヴァイデンドルフの方角を見ると、だれかがシュレーターさんの家の牧草地を突っきってこっちへ来るのが見えた。

だれだろう？　牧草地の柵を乗りこえてきたのは、ディートリヒだった。

「見られたくなかったから、牧草地を通ってきたんだ」とディートリヒは言い、ぼくの隣に腰を下ろした。

「いったい、どうしたんだい？」

「わかってるだろう。ギュンターのことだよ」ディートリヒはふきげんな顔で話しはじめた。おじさんのヤーコプに、納屋に来るように言われた、という。

「行くまでは、とくに何も考えてなかった。だけどおじさんは、小さいけれどこわい声で言ったんだ。おまえはその場にいたのか、って」

ヤーコプおじさんは続けた。わたしはおまえの父親じゃないが、おまえについては責任があるんだ。おまえの父親は捕虜になっていて、おそらく帰ってこられないだろうから、と。それから、おじさんはこう続けたのだそうだ。大人がやっていることでも、子どもがやってはいけないことがある。もしおまえがその場にいたのなら、わたしはおまえを施設に入れてやる。だがその前に、おまえがけっして忘れないくらいビンタを食らわせてやるからな、と。

「やっぱりあいつを殺さないと！」ディートリヒはしゃくりあげて泣いた。「でも、ぼく、そんなことできないよ」

「その場にいるだけで、自分でやらなくてもいいんだ。ぼくも、やるつもりはない。でも、そのことから逃れられそうにないよ。ぼくだって家に帰されて、寄宿学校に入れられてしまう。そんなことになりたいと思うかい？」

「けど、ぼくたちが加わらなかったら？」と、ディートリヒ。

「レオンハルトのことはよく知ってるだろう。でも、考えたんだ、ぼくのいとこのフリッツに相談したらどうかって。そしたらレオンハルトを怒って、そんなことはやめるんだと叱りつけ、別の解決方法を見つけるよう説得してくれるかもしれない。フリッツは、ぼくたちよりも十歳近く年上なんだから」

「じゃあ、話してみてよ。ぼくには、相談できる人はだれもいないんだ」ディートリヒがせき立てるように言った。

「ただ、フリッツがおじさんに話しちゃうんじゃないかと心配なんだ。そうなったら、ぼくはおしまいだ」

「レオンハルトは、大人たちが頭のおかしな人たちを殺したと言ってたけど、あれ、ほんとうかな？」

「わからない。学校で聞いたみたいなふりをして、フリッツに聞いてみるよ。でも、でっちあげみたいには聞こえなかったけどな」

「うん、でも、たとえほんとうだとしても、戦争中のことだろ。戦争中は、なんだってありだったんだ」

「そんなこと、どうだっていいじゃないか」ぼくにはそれしか言えなかった。

「戦争中は何もかもちがってたんだ。ぼくのパパはSSにいた。きみのいとこのグスタフと同じだよ。グスタフは戻(もど)ってきたって聞いたけど……？」

「うん。とってもいい人だよ」

「でも、グスタフは戦争中、ひどいことをたくさんやったそうだよ」

「戦争中のことだろ」ぼくは怒(おこ)って言い返したが、元気のない声になっていた。グスタフがひどいことをしたなんて信じたくなかった。たとえば、人を殺したりとか……。

「ギュンターを殺すことになるんなら、戦争中のようなつもりでやるしかないよ。でも、殺したのは敵やユダヤ人だけだ、とパパは言ってた。頭のおかしい人たちのことは、何も言ってなかったよ」と、ディートリヒは言い、何か聞きたそうな顔でぼくをじっと見つめた。「このあたりに以前、ユダヤ人がいたかどうか、知ってる？」

「わからないけど、そりゃ、いたんじゃないか？」

「じゃあ、その人たちは今、どこにいるんだい？」

「そんなこと知るわけないだろう、何言ってんだ！」ぼくは思わずどなった。

「大声出すなよ！　大人たちが頭のおかしな人たちやユダヤ人を殺したんなら、ギュンターのことぐらいで騒いだりしないだろ？」

「そうかもしれない。でも、ぼくたちは子どもだ。なんでもしていいってわけじゃない」そんなことを言ったところで、なんの助けにもならない。「今日、フリッツが馬に餌をやるのを手伝うことになってる。そのとき話してみるよ、それでいいだろ？」

ディートリヒは立ちあがり、牛の群れに目をやり、それからローラントの頭をなでた。そして悲しそうに言った。

「ギュンターをそんな目にあわせていいわけがない。大人が戦争中に何をしたかなんて、どうでもいいよ」

そして、ディートリヒはのろのろと帰っていった。

ローラントが後ろ足で首のあたりをかく。ぼくは空を見た。まだ牛を家に連れて帰る時間じゃない。早く帰しすぎると、牛は腹がいっぱいにならず、きげんが悪くなるだろう。

一時間ほどして、ぼくは牛を追いはじめた。いつもより少し早かったかもしれない。牛たちに小川でゆっくり水を飲ませていると、ローラントがこっちを見た。たぶん、ぼくが不安なのを感じたのだ。ぼくはローラントを先に行かせ、牛たちを群れにまとめて追うようにさせた。

帰ってみると、フリッツは大きな馬車の車軸に油を塗っているところだった。馬車でジャガイモを運んでしまうつもりらしい。つっかい棒を車軸の下に入れ、車輪を外しては、鉄の車軸に油を塗りつける。油は黒く、ねっとりしている。

ぼくは牛たちを牛小屋へ連れていき、鎖でつないだ。もうじき乳しぼりの時間だ。早すぎたわけではなかったようだ。仕事をしながら、牛たちに小声で話しかけ、名前で呼んでやった。牛たちはうれしそうにしていた。

それから、ぼくはフリッツのところに戻った。

12

「おう、どうした?」と、フリッツが声をかけてきた。

「キノコはまだかなと思って……」ぼくはどうやって話を切り出せばいいのかわからず、苦しまぎれに言った。

「まだあと四週間くらいかかるだろう。それに、雨が降らなくちゃだめだな。学校はどうだった?」

「クラウゼンのギュンターが出てきてた」

「ギュンター? 森でいじめられた子のことか?」

「そのことで、何か知ってる?」ぼくは用心深く聞いた。

「だれだってあのことは知ってる。だれがやったのかもな」と言いながら、フリッツは静かに車軸に油を塗りつづけた。

ぼくは突然、気分が悪くなった。

「ギュンターがしゃべったの?」

「あの子はひと言もしゃべらなかった。だが、おまえやおまえの友だちのようすを見てればわかるさ。レオンハルト、エルヴィン、マニとディートリヒ……全員の名前をあげられる。みんな、やましい思いが服を着ているみたいだ」

「何を言ってるのかわからないよ」

フリッツは油缶の蓋をしっかりと閉め、布で手をきれいにふいてから、ぼくの顔を見た。

「おまえと仲間たちは、三週間ほど前から、まるで飲みこんだカエルを消化できないみたいなようすでうろうろしてた。もちろん、やったのはおまえたちだ。ほかにだれがいるっていうんだ?」

ぼくは何も言えなかった。何を言えるというんだろう。みじめな気分で、震える声でぼくは聞いた。

「それじゃどうして、だれもぼくには何も言わないの? ルドルフおじさんも知ってるの?」

「おれは知らない。自分で聞いてみろ」

「じゃあ、どうしたらいいの?」ぼくは落ち着かず、足踏みしながら言った。

「どうしたらいいの、じゃないだろう! その件は自分たちだけで片づけるんだな。それができなければ、おまえたちがどうなるか、いずれわかるだろうさ」フリッツはやさしさのない、厳しい口調で言った。ぼくのことを見もしないし、仕事の手を止めるようすもない。「このまま何もしなければ、おまえたち、困ったことになるぞ」

「いったいどんな?」ぼくはおどおどして聞いた。

「おれにわかるもんか！　おまえたちのやったことだろ。自分たちであと始末をするんだ。あたりまえのことだろう。そのうちわかるさ」

「おじさんに話した方がいいのかな？」

「今話してもなんにもならん。親父にしても、おれ以上のことは言えないだろう。だいたい、親父になんの関係があるっていうんだ？」

　フリッツはぼくをそこに残して、油缶を物置小屋にしまいにいった。そのあと、手押し車に積んであった牧草とクローバーをとってきて、ウサギ小屋に入れてやった。ずっときげんよく口笛を吹いている。そのようすから、ぼくに同情してくれていないのがわかった。

　フリッツに何をしてほしかったんだろう？　ぼくは前以上に、どうしたらいいのかわからなくなっていた。そういえばフリッツに、どうして頭のおかしな人たちが殺されたのか、聞きそびれてしまった。そんなこと言い出すには、もう遅すぎる。

　ぼくたちがギュンターをひそかに片づければ、すべてもとどおりになるのだろうか？　日曜日まではあと何日もない。ギュンターが何もしゃべっていないなら、大人たちは、いじめたのがぼくたちだという確信は持てないはずだ。推測するだけだ。ぼくたちがふさぎこんでいるように見えたからといって、そんなのは証拠にならない。ほかの理由でふさぎこむことだってあるだろう。
何もしなければ困ったことになる、とフリッツが言ったのは、どういう意味だろう？

　膝がたがたと震えていた。ぼくは台所に行き、かけ時計を見た。夕食までにはまだ一時間半ある。ぼくはレオンハルトの家に走っていった。レオンハルトは自転車をみがいているところだった。

「大人たちに全部ばれてるよ！　フリッツに言われたんだ」ぼくは息を切らして言った。

「だれに全部ばれてるって？」レオンハルトはにやにやしながら、車輪をみがきつづけている。

「だれにも知られちゃいない！　ぜったいだ。あのバカがぺちゃくちゃしゃべったのでないかぎりな。つまり、あいつを永遠にだまらせないといけないってことだ。やっぱり日曜日にやるぞ。全員でやるんだ！」

ぼくは自分も頭がおかしくなったように突っ立ったまま、何も返事ができずにいた。レオンハルトは伸びをし、錆びた車輪をちょっとのぞきこんだあと、ひどく静かな調子で言った。

「こわいんだろ、フレディ。わかるよ。だから、そろそろあいつに消えてもらうんだよ」

「そんなことしたら、ひどいことになるよ」ぼくはおどおどして言った。「たぶん、みんな、とてもひどい目に……」

「なんの証拠もない。おれたちさえ秘密を守れば、うまくいく！　あいつさえいなくなれば、だれがおれたちのことをばらせるというんだ？」

ぼくは答えなかった。レオンハルトは静かに続ける。

「マニと話をしたんだけど、ハイドモーアの草原のイラクサのやぶの中に、古い鉄の車輪がころがっているそうだ。おれたちであいつをその車輪に縛りつけるんだ。そうすれば沈んで、おさらばだ。永遠に消えて、いなくなる。あそこのくぼ地では、だれももう泥炭を掘ってない。坑夫たちも、もうすぐほかの採掘現場に移動する。

これがいちばんいい解決策だ。いつか死体が発見されたとしても、犯人はこのあたりをほっつき歩いていたポーランド人だ、ってことになるだろう。ポーランド人がどんなやつらか、みんな知ってる。おれたちはこの件をちゃんと始末しなくちゃいけないんだ、わかるか?」

レオンハルトは人さし指でぼくの胸を軽く突いた。

「おまえのいとこにいくら話しても、何も変わらないぜ!」

ぼくはのろのろと家に帰り、食卓についた。この日の夕食は皮つきジャガイモだった。いつもなら喜ぶところだけど、今日はちっともうれしくなかった。

テーブルには目の粗い、白い亜麻布のテーブルクロスがかけてある。全員が席について、めいめいがテーブルクロスの端を持ちあげると、おじさんがそこに、ほかほかの湯気を立てているジャガイモを、鍋から直接あけるのだ。そしてまん中に、たっぷりの油でいためたベーコンの平鍋が置かれる。それぞれが、ジャガイモを好きなだけとって皮をむき、鍋に浸して、好みで塩をふりかけて食べる。皮つきジャガイモのときは、いつもおじいちゃんが、塩のとりすぎは健康によくないぞ、と言う。

それぞれにグラス一杯の脱脂乳がつく。こんな楽しい夕食は、ぼくの両親のところではけっしてない。

おばさんがジャガイモの皮をむいてくれた。ジャガイモはすごく熱くて、ぼくがなかなかうまくできないので、何個かむいてくれるのだ。ぼくの前にナプキンを置きながら、おばさんは笑いかけてきた。ぼくはみじめな気分になった。おばさんに秘密を持っているんだから――よくない秘密を。

おばさんはいつも、やさしくしてくれた。四年前、ぼくがここに来たばかりのころは、何カ月か、おじさんとおばさんの寝室で寝かせてくれたりもした。ぼくのために寝室にわざわざベッドを入れて……。そのことを思い出すと、今でもうれしくなる。

今日は早めに部屋にひきあげて、この件からどうやったら逃れられるかをよく考えてみよう。ベッドに横たわり、ときどき蚊をたたきながら考えたが、いい考えは浮かばなかった。フリッツがもう自分の部屋にいるかどうか聞き耳を立てたが、何も聞こえない。もう一度、フリッツと話した方がいいだろうか？　あんなにきっぱりとはねつけられたのに？

明日、もう一度ディートリヒと話してみようか？　もしもマニが鉄の車輪のことを言い出したんだとしたら、マニはこの件に同意してるってことだ。マニとはもう一度話しても意味がない。だけど、ディートリヒと話したら……。それとも、ルイーゼに話したら……。

13

隣の家のルイーゼは、レオンハルトと同い年だ。難民の子どもではなく、村の農夫の娘でもない。両親をなくしたみなしごだから、農場で働いて食わせてもらっているのだ、といううわさだ。ルイーゼの両親がどうなったのか、本人の口から聞いたことはない。

ルイーゼのことは好きだった。荒っぽい子で、敵にまわしたくない感じだけど。校庭で、ふざけてルイーゼの学校かばんをとりあげたせいで、痛い目をみた男子が何人もいる。ちょっかいを出すと、それまで感じのよかったルイーゼが突然、豹変する。

じっさい、自分よりも年上で背も高い男子のリーダー格を地面に倒して、胸に膝をついて押さえこみ、髪の毛をつかんで、頭を何度も激しく地面にたたきつけたこともある。その男子は死にこそしなかったけれど、その後はルイーゼの近くでは、蹴とばされた犬みたいにこそこそするようになった。けんかとはまったくかかわりのなかったおしゃべりな女子が、それを先生に告げ口し、ルイーゼは罰として一週間ずっと居残りをさせられた。次にやられたのは、その女子だった。

ルイーゼはだれの言いなりにもならなかった。ぼくはよく、ルイーゼといっしょに学校へ行った。もっともルイーゼは、隣の農家の人たちがどこかに出かけるときはるすばんをして、動物に餌をやらなければならないので、学校に来られないこともよくあった。

ルイーゼが自転車でハイドモーアの方に走っていくのが、部屋の窓から見えた。牛たちを連れにいくのだろう。ぼくは急いで外へ出て、牧草地を突っきる近道を通り、ほとんど同時にハイドモーアに着いた。

「ここで何をしているの、フレディ？」ルイーゼが自転車から降りて、聞いてきた。

ぼくは頭が混乱してどう切り出したらいいのかわからず、いきなりこう言った。

「きみ、銃を撃てる？ つまり、本物の銃をってことだけど？」

「もちろんよ」

「どこで習ったの？」

「前にね、クリスマスの日だったけど、父さんが居間のツリーの下で教えてくれたんだ。全部の操作をね。腹ばいになって、教科書を何冊か重ねて銃の台にして、それから弾丸をこめて、かまえて、安全装置を外し、ねらいをつけて、撃った。その翌日、父さんは前線に戻り、二度と帰ってこなかった」

「本物の銃ってこと？」

「あたりまえでしょ！ 父さんのカービン銃よ。どうしてそんなことを聞くわけ？」

恐れていた質問だった。でも同時に、ほっとした。とっさに、ギュンターにしてしまったことを全部打ちあける決心がついたのだ。

　ルイーゼは静かにぼくの話を聞き終えると、言った。

「そのいじめの話なら、みんなが知ってるわ。だいたいわたしが思っていたとおりだった。で、これからどうするの？　あんたたちはどうするつもりなの？　ギュンターに謝るの？」

「レオンハルトは、ギュンターを殺そうって言うんだ。そしたらしゃべれなくなるから――ぼくたちがやったってことを」

「でも、ほかの子たちはどう思ってるの？　あんたは？」彼女は手で自転車を押さえたまま聞いた。

　ルイーゼを見た牛たちがゆっくりと、ぼくたちが立っている柵の方にやってくる。牛っていうのは、たいていの人が思っているより賢いものだ。ぼくは言った。

「たぶん、ぼくは抜けられない。だれのことも殺したくなんかないんだけど」

「どうして？」ルイーゼは、まるで学校の宿題はやったの、とたずねるみたいに、ごく普通の調子で聞いた。

　ぼくは唇を嚙んだ。どう説明したらいいのか、わからない。自分自身、どうしてこの話から抜けられないと思うのか、はっきりとはわからなかった。こわいのは確かだけど……。ルイーゼはぼくより二つ年上だから、もしかしたらぼくの気持ちを、ぼくよりよくわかっているのかもしれない。

「簡単な話よ、フレディ。あんたはこわがってる――あたりまえのことよ。あんたの立場だったら、わたしだってこわくなるわ」

そう言ってくれたので、ぼくは気分が落ち着いた。

「わたしが銃を撃てるかなんて、どうして聞いたの？」

「ぼくは、カービン銃を手に入れられるんだ」

そう言って初めて、自分がルイーゼに何を頼みたかったのか、はっきりした。ルイーゼは興味を持ったように、同時に用心深く、こっちを見ていた。

ルイーゼはとりたててきれいではないが、とても魅力的に見える。いつか、ぼくは彼女と結婚するかもしれない――もちろん、そんなことを口にしたりはしなかった。ぼくはよく、口に出せないようなことを考えてしまう。それは、今でも同じだ。

「ぼくが銃を渡すから、日曜日に森に来てほしいんだ。それで、もしレオンハルトがほんとうにギュンターを殺そうとしたら、きみが出てきて、そんなことをするならあんたを撃つよ、と言って、レオンハルトをおどしてほしいんだ」

「どうやって気づかれずに銃を村から森へ持っていくの？　わたしが銃を持ってるのを、みんなに見られるじゃない！」

「やってくれる？」ぼくは、質問には答えずに言った。

「レオンハルトを震えあがらせればいいのね？　いいわよ。でも、カービン銃を人目につかないように、どうやって森に持っていくのよ？」

「それはぼくがやるから。暗くなったら納屋から持ち出して、ぼくが牛の番をするときにいつも座る、あのシラカバの木の下に持っていっておく。あの木の下の、木の葉ややぶの中に隠しとくよ」

「あんたたちがどこでやるつもりなのかは、わかってる。泥炭のくぼ地の奥でしょう？　以前、あんたたちが火遊びをして捕まったところでしょ？」

ぼくはまたうなずいた。

「で、ギュンターがあんたたちについていくと思ってんの？」

ぼくはうなずいた。

「ギュンターって、そんなにバカなの？」

「ぼくたち、ここんとこ、あいつを仲間に入れていっしょに遊んでたんだ。ぜんぜんいじめたりせずに……。だから今はもう、ぼくたちのことを友だちだと思ってる」

「ひどい話ね！　銃に弾がこめてあるといいんだけど」

牛たちが鳴きながら柵を押しはじめたので、ルイーゼは柵を開けた。牛たちの重い乳房が揺れ、たくさんのハエが牛の目やお尻のまわりにブンブンたかっている。牛は、ハエを追いはらおうとして頭をふり、尻尾をふっているが、ハエはたかりつづける。ルイーゼが連れている牧羊犬――水というおかしな名前だった――は、ローラントと同じくらい賢くて、牛たちをゆっくりと追っていく。何頭かが道を歩きながら糞をする。

　ルイーゼは自転車を押し、ぼくと並んで歩いていた。やぶと森の一部にさえぎられ、村からは見られないですむ。ぼくは言った。

「弾がこめてあるかどうかは、わからないんだ。でも、うまくいけば、撃つ必要はないからね」

「そりゃあ、わたしも人を撃ちたくなんかない。でも、ようすによりけりよ。もしかしたらレオンハルトをおじけづかせるために、空に向けて撃つかも。そうだ、そうしよう！　大口をたたくレオンハルトなんて、くそくらえだ」

　そのあとは、ふたりともだまって並んで歩いた。牛たちは勝手に小川の方に曲がっていき、たっぷり水を飲んだ。小川から水がなくなったりはしなかったけど。ぼくたちは、牛が飲み終わるまでずっと待っていた。

「わたしがあんたの立場だったら、ただすっぽかすけど。バカなレオンハルトのことなんかほっといて……。ギュンターがいっしょにいても、いなくてもよ。さっさとギュンターのお母さんのところに行って、謝ったらどうなの？」

「でもレオンハルトは、みんな家から追い出される、自分は施設に入れられてしまう、ってびびってるんだ。エルヴィンのお父さんも、施設に入れるっておどしたらしい。ほんとうのことを打ちあけたら、大人は大騒ぎするだろ」

　ぼくは両親のことを考えた。以前じっさいに、あることでひどくなぐられたことがあった。

「で、あんたは？」

「おじさんに、両親のところに送り返されるだろうから、ぼくも寄宿学校に入れられちゃうだろうね。そうなったら、もうおしまいだ」

「いまいましいわね！　それじゃわたしは、日曜日の二時半には森にいるようにする。カービン銃を用意しておいて。けどそれ、だれの銃なの？」

「おじさんが国民突撃隊にいたときのやつ。納屋のわらの下に隠したのを見たんだ」

「なくなったのに気づかれたら？」

ぼくは答えなかった。だって、銃を見つけられるかどうかすら、ほんとうはわからなかったから。ひょっとしたら、ぼくが知らないうちに、おじさんが別のところに移してしまったかもしれないのだ。なりゆきに任せるしかない。ぼくは言った。

「どうして、今ごろになって、おじさんが銃を探すっていうんだい？」

ルイーゼといっしょにいるところを見られないように、ぼくはひとりで小川を渡り、別の道をとった。こうしておいた方が安全だ。

14

姉さんに手紙を書いた。手紙が届くころには、すべてが終わっているのだろうか？　ぼくにはわからない。でも、手紙を書くと、姉さんが近くにいるように感じて、気分がよくなった。

　エーファ姉さんへ

　ぼくの馬、ロッテのことはもう書いたよね。ぼくの成績がよかったことも。でも今、そのほかのことは、よかったとはとてもいえないんだ。

　じつは、ぼくたち、隣村の男の子にかなりひどいことをしてしまった。その子は、だれにやられたのか、まだしゃべってないんだけど、その子がばらすんじゃないかと、ぼくたちはこわいんだ。そうなったら、ぼくはうちに帰されるかもしれないし、エルヴィンとレオンハルトは施設に入れられる。たぶんディートリヒも。ほかの子もなぐられたり、ひどい目にあう。

　で、仲間のひとりが、その子を片づけるべきだと言い出した。そうすれば、危険はなくなるって。その子は、知恵遅れだといわれているけど、ほんとうはそんなことはない。とはいえ、どうしてだか、その子と仲よくなるのは難しい。

ぼくは、この話に加わった方がいいのかどうか、わからない。加わらなかったら、村でひとりぼっちになってしまう。でも、加わって、それを知られたら、おじさんにほっぽり出されるのも確かだ。それに、たとえ加わったことがばれなくても、ぼくは、すごくいやな気持ちになるだろう。やったことを忘れられないだろうから。

いったいぼくは、どうしたらいいんだろう？　その子を始末しなくてもいいように、ちょっと計画したことがあるんだけど、それがうまくいくかどうかはわからない。フリッツに相談しようとしたんだけど、とりあってもらえなかった。そのことはおまえたち自身でちゃんと片づけろ、と言われた。フリッツやおじさんにほんとうのことを白状したら、ぼくもきっと追い出されてしまう。

もう、どうにもならないところまで来てしまってるんだ。

どうしたらいいか、返事をください。できるだけ早く。

フレディより

その日の夕方、手紙をバルテルメス亭のそばにある郵便ポストに入れた帰り、ぼくは、ディートリヒのところに寄ろうか、と考えた。でもディートリヒは、今日はおじさんと、ディアーレンに出かけているはずだ。それに、ぼくがルイーゼに頼んだことは、だれにも言わない方がいいかもしれない。

土曜日にはフリッツを手伝って、収穫したジャガイモを馬車でシュネーガの駅まで運んだ。遠かった。夕方遅くに、ようやく帰り着いたときには、馬たちは疲れていた。ぼくはまずロッテにバケツ一杯の水をやり、布で腹と背中の汗をふきとり、カラス麦をまぜた飼葉をやった。水はもう飲み干されていた。

あの一件がなければ、ロッテやこの家の人たちとの暮らしは、ほんとうにすばらしいのに。あのことについて、だれもぼくにひと言も言わないことがやりきれなかった。フリッツがうそを言っているのでなければ、みんなは知っていて、何も言わないのだ。シュネーガへ行くときも、フリッツはまるで何も起きていないかのように振る舞っていた。ぼくも、もう一度あのことを話す勇気はなかった。

いつまでこんなことが続くんだろう?

明日は日曜日だ。その晩は家族全員が早く床に就いた。たぶん、教会に行く人がいるからだろう。

家じゅうが寝静まったように思えたころ、ぼくはこっそり階段を下り、窓から外に出た。だれも起こさなかった自信はある。牛小屋に沿って足音をしのばせて進み、納屋に向かう。ローラントがついてきたが、まったく吠(ほ)えなかった。

明かりをつけるわけにはいかないので、目が暗闇(くらやみ)に慣れるまで何分か待ち、手さぐりではしごの下まで進み、上に登った。

上はさらに暗かったが、わらの山がどこにあるかはわかっていた。おじさんはカービン銃(じゅう)を布でくるんでいた。ぼくは包みをさぐりあてて引っぱり出し、あとがへこんで見えないよう、わらをならした。包みを持ったまま階段(かいだん)を下りるのには、苦労した。納屋(なや)を出て、音を立てずに戸を閉(し)める。カービン銃(じゅう)は、ジャガイモの小さな袋(ふくろ)と同じくらい重かった。

農場の門のところでローラントは少しためらったが、ついてきた。ローラントがいっしょに来てくれてうれしかった。ひとりで森に入っていたら、もっとうす気味悪かったと思う。大人たちはよく、晩(ばん)に森で起こるおそろしいことを話してくれた。おじいちゃんが機織(はたお)り機の前に座(すわ)り、織り機の杼(ひ)に糸を巻(ま)いているときなどに。ほんとうにおそろしい話ばかりだった。

牧草地には向かわず、村を通る道をとった。暗闇(くらやみ)の中、銃(じゅう)を持って小川を渡(わた)るのは難(むずか)しいからだ。真夜中なので、どの窓(まど)にも明かりは見えなかった。ローラントも夜の道は気味が悪いと思うのか、ぼくの足もとにすり寄るようにして歩いている。たまたままだ起きている人に、窓(まど)から見られていたりしませんように。ぼくは銃(じゅう)の包みを体にぴったり押(お)しつけていた。

ハイドモーアへの曲がり角に来た。ここには数カ月ごとにロマの人たち（ヨーロッパを中心に、荷車や箱馬車などで移動しながら暮らしていた人々）が滞在(たいざい)している。小さな馬に引かせた箱馬車をつらねて突然(とつぜん)やってきては、村でものを売り、数日後にはいなくなる。ぼくはそばに立ってロマのやることを見ているのが好きだった。わくわくした。だけど、有名なロマの音楽は、ここでは聞いたことがなかった。

曲がり角には、今はだれもいなかった。だれかいるなら、ここを通ったりしない。ロマについてはいろんなことが語られていた。たとえば、シュルツのお母さんに腹を立てたロマたちは「会議をした」という。つまり、呪文をかけたのだ。それからというもの、お母さんは夜眠れなくなり、家事も失敗ばかりしているらしい。

シラカバの木の下にはきのう、葉っぱと枝をたくさん集めておいたので、銃は一分もかからずに隠すことができた。今晩雨が降らないといいけど。

ほっとして家路についた。こんな時間にベッドから出ていることに気づかれたら、なんと言えばいいんだろう。

家に戻ってベッドにもぐりこみ、かけ布団を頭の上まで引っぱりあげてからも、ぼくの心臓はまだどきどきしていた。

日曜の朝食後、ぼくはフリッツといっしょに二頭の馬にブラシをかけ、家の裏の、牛のいる牧草地に放してやった。牛と馬は仲よくやっているようだ。フリッツはもう乳しぼりをすませ、馬に餌もやり終えていた。

いい服に着替えたフリッツはトロンボーンを背中にしょい、ズボンにサスペンダーをつけ、自転車に乗って、ブラッサウの教会へ出かけていった。今日の礼拝で演奏をするらしい。

ゆうべ、いっしょに来いよ、と言われていたけれど、ぼくは行きたくなかった。ぼくたちが計画していることと礼拝は、まったくかけはなれている。

ぼくが夜、森に行ったことは、たぶんだれにも気づかれていない。

昼食後、大人たちはベッドで休んだ。ぼくは中庭でぼんやりしていた。もうすぐ森でみんなと会うことになる。レオンハルトが、いっしょに行かない方がいい、それぞれちがう道で森まで来い、と言ったからだ。そうすれば、ぼくたちが森でいっしょにいたことをあとで証明できないだろう、と。もう出発した方がいいだろうか？　途中でギュンターに会ったら、どうしよう？

そのとき、ギュンターがうちの農場の入口に現れた。

「ロッテはどこ？」と聞かれたので、牧草地の柵のところに連れていった。

柵のところに、ニワトリとアヒルが集まってきた。人間を見ると、いつだって餌がもらえると思うらしい。バカなやつらだ。遠くで草を食み、ときどき頭を上げているロッテとジョージを観察して、ギュンターは専門家みたいに言った。

「ジョージはとても美しい馬だね。いかにもハノーファー種だ！　それに、ロッテはやっぱり、かなりトラケーネンの血が入ってるよ。さあ、そろそろ行く？」

ロッテが有名なトラケーネン馬の血を受けついでいるというのは、いい話だ。

「ここの牧草地を通っていかない方がいい。あの向こうは、べちょべちょの湿地だから。シュルツさんの農場を通っていこう。ほかのみんなにはあとで会える」

ギュンターは道順なんて興味がないみたいだった。ぼくたちはごく普通の足どりで、シュルツ農場を通っていった。だれもぼくたちには気づいていないようだ。今日は日曜日で、農夫たちは休息しているから。

ぼくとふたりだけで歩いているギュンターは、そんなに変ではなかったし、ものを言うときもほとんどつっかえない。

シュルツ農場とシュレーター農場の犬は、ぼくのことをよく知っているので、日陰に横たわったままで、吠えてこない。シュレーター農場の庭のパラソルの下に、麦わら帽子が見えた。たぶん娘のイルムガルトかヘルタが日光浴をしているのだ。向こうからは、ぼくたちのことは見えていないはずだ。

ひょっとしたら今日は、泥炭のくぼ地に坑夫たちがいるかもしれない。日曜日に、あのあたりで働いているのを見たことがある。でなきゃ、警備員がいるかも。そうだったらいいのに……。近くに人がいれば、ぼくたちはあれをやらないですむかもしれない。

ひょっとしたら、故郷へ帰る前にうろついているポーランド人もいるかもしれない。ほかの村では、ポーランド人にめった刺しにされた農夫がいるという話だった。その農夫が、その人にひどいあつかいをしたからだ。戦争が終わってもドイツに残り、土地の女性と結婚した人もいる、と聞いたこともある。

ぼくとギュンターは茂みの中を、そのあと少しのあいだ湿原を、苦労しながらいっしょに進んだ。ぼくは湿原の道をよく知っていた。湿原をなめてはいけない。硬いところに足を置くようにいつも注意していないと、靴が深くめりこみ、汚れてしまうのだ。道を知らないギュンターは、ぼくの後ろをついてくる。

「ぼくが足を置いたのと同じところに、足を置くんだ」と、ぼくは声をかけた。ギュンターはぼくの後ろにぴったりくっついている。「あぶなくていやだと思ったら、家にひき返してもいいんだぞ」大きな声は出さなかったが、ちゃんと聞こえるくらいの声で言った。

でもギュンターは首を横にふり、「すごくおもしろいところだね」と言った。

ギュンターは、本物の冒険だと思っている。だが、ぼくはぜんぜんヒーローとはいえなかった。ヒーローなら、もっと早くギュンターを家に返したはずだ。とにかく声はかけたんだ、と考えてみても、気が休まらなかった。

もう少し行くと、また硬い地面の上に出た。戦争の終わりごろ、農夫たちが、空襲のときやソ連軍がやってきたときの隠れ場所として作った、防空壕のそばを通る。女も子どもも、働ける者は総出でシャベルで掘って作ったのだ。ところが防空壕ができあがり、カムフラージュとして野バラを植えたとたんに、ドイツ軍がその場所に高射砲を設置し、防空壕を寝場所として使いはじめた。そしてドイツ軍は、ここを離れる前にすべてを破壊していったようだ。

幸運なことに、ぼくたちの村に爆弾は落ちなかった。ぼくたちが防空壕を掘っていたころ、ギュンターや彼の村の人たちはもう、東プロイセンで難民となり、逃避行を始めていたのだろう。防空壕のあとを迂回するとき、ギュンターは何も言わなかった。少しだけ残っている折れた梁や板を見れば、ここに何があったのかはわかるはずだけど。

「うちの村では、ロシア人が来たら、この穴の中に隠れることになっていたんだ」と、ぼくは説明した。

それから森の中へと向かった。

ギュンターには、まったく不安を抱いているようすがなかった。とにかく、ぼくにはそう見えた。また少し鼻汁をたらしている。ギュンターが汚い鼻汁をたらしているのを見て、ぼくはうれしくなった。だって、やりやすくなるから——ギュンターを殺すのがやりやすくなる？　でも、そんなことになるのは止めたかった！　ギュンターが馬のことをよく知っているとわかったときから、ぼくは、彼を殺すなんて考えられなくなっていた。

歩いているあいだじゅう、頭の中で「今から何が起こるのだろう？」「ぼくは何をすべきなんだろう？」という問いが、うずを巻いていた。ちゃんとした計画を立てるなんてことはできなかった。今までルイーゼのことは忘れていたけど、思い出すと、あんなのうまくいきっこないバカな計画だ、という気がした。たぶん、レオンハルトはルイーゼの手から簡単に銃をもぎとってしまう。そうなったら？

そんなことを考えているうちに、みんなのところに着いた。たとえぼくは参加するふりをしているだけだと思っていても、ルイーゼがうまく現れてくれなければ、ふりじゃすまなくなる。ぼくが今ここで、やらないと言ったり、まぬけ面してただ突っ立っていたりすれば、みんなは怒り出すにちがいない。

もしディートリヒがぼくの側についていてくれても、大きな助けにはならないだろう。ひょっとしたら、ぼくとディートリヒも、沼に投げこまれてしまうかもしれない。

15

マーラー農場の牧草地の向こうにある泥炭(でいたん)の穴(あな)のそばの、シラカバの木のところに、レオンハルトたちが立っていた。ぼくは手をふろうとしたが、やめた。すると、レオンハルトが大声で言った。

「そこにいてくれ！」

なぜそんなことを言うのだろう？　レオンハルトの言うことが初め、まったく理解できなかった。でも、シラカバの木に鉄の車輪がもたせかけてあるのがわかった。長いこと湿地(しっち)に放置されていたのだということは、見ればわかる。レオンハルトは片手に、巻(ま)いたロープのかたまりを持ち、もう一方の手でロープの端(はし)を握(にぎ)っている。それを見れば、何をしようとしているのか、ひと目でわかる。ぼくたち全員に手伝わせて、ギュンターを車輪に縛(しば)りつける気なのだ。

レオンハルトがぼくに手をふって、こっちへ来いと合図する。ギュンターとぼくは、泥炭(でいたん)の穴(あな)のそばにいるみんなに近づいていった。

「まあ、座(すわ)れよ」とレオンハルトが言い、みんなが並(なら)んで穴(あな)の縁(ふち)に座り、脚(あし)をだらんとたらした。

ギュンターは、みんなとは少し離れたところに座った。仲間だけど、ほんとうはちがう、とでもいうように。

穴の中の壁にはツバメが巣を作っていて、飛びこんだり、飛び出してきたりした。このへんにはキツネもいる。前にみんなでキツネの穴を掘っていて、ニワトリの羽根を見つけたことがあった。エミ・ゾンマー、つまり、ディートリヒのお母さんのニワトリだった。ディートリヒは、羽根の色を見ただけですぐに言いあてた。当然のことだが、農夫たちはキツネを嫌っている。

暖かく、空は雲で覆われてうっとうしい天気だった。みんな何も言わず、レオンハルトが何か言うのを待っている。レオンハルトがちょっといなくなったり、それとも最初からここにいなかったなら、ギュンターに何もしないよう、ほかの子たちを簡単に説得できるだろう。そして、たぶん何ごともないまま、ぼくたちは家に帰れる。

でもレオンハルトがいなくなったら、エルヴィンはどうするだろう？ さすがに、みんなにあのことを強制したりはしないはずだ。たとえ、エルヴィンが残りのぼくたちの中ではいちばん強いとしても、エルヴィンはけっしてみんなにどうしろと命令したりするタイプではない。

レオンハルトが病気になるか、お母さんに仕事を言いつけられてここに来ていなかったらよかったのに。でも、レオンハルトはたいてい簡単に外出できる。姉さんがふたりいて、食事のあとの皿洗いなどをしてくれるのだ。

「さあ、今日はこの件を終わらせよう、わかったか？ それがみんなのためなんだ。ロープを使えば、遊びのようにやれる。みんなで協力して運んで、ここの沼に沈めるんだ。それから、別々の道を通って家に帰る」レオンハルトがささやくような小声で早口に言った。顔が赤くなっている。「あいつはそんなに重くない」

ギュンターにこれが聞こえているのかどうか、ぼくにはわからなかった。もし聞こえているんだとしても、なんのことを言っているのかわかっていないみたいだ。

だれも何も言わない。今こそ、何かしなければ！

「ぼくたちはやらないよ」ぼくは吐き出すように言った。全員に聞こえたかどうかはわからない、耳障りなしゃがれ声になっていた。「正しくないことだもの」

レオンハルトは腹を立てて、ぼくに向かってどなった。

「もう決めたことじゃないか！　今さら、ぐらつくんじゃないよ。いったい、何考えてるんだ？」

しかし、レオンハルトもロープを手に持ったまま、まだ立ちあがらない。

全員が、同じ方角を見ていた。だって、泥炭の穴の縁に並んで座っていたのだから。向こうのやぶと木々の奥、三十メートルほどのところに、黒い沼がある。

ぼくは思った。じきにレオンハルトが立ちあがり、みんなでギュンターを縛りつけることになる、そうしたらルイーゼが現れ、発砲するんだ、と。そのあとどうなろうが、もうどうでもいい。ぼくの心臓は狂ったように早鐘を打っていた。

「よし、始めるぞ！」レオンハルトが言い、少し体を動かしたが、相変わらず立ちあがらない。

そのとき、ふいに、男の人の声がした。足音は聞こえなかった。みんなが驚いてふり返った。
その瞬間、助かった、と思った。ぼくを、ぼくたちを助けてくれる大人——天使だ、と。
その人は、ぼくたちのすぐ背後に立っていた。知らない人だった。それほど背は高くなく、すべての記章を取り去ったよれよれの軍服を着ているが、ズボンは長すぎる。頭は白髪まじりで乱れていて、軍の帽子はかぶっていなかった。イギリスの占領軍は、男たちがこのような服を着るのを許可していた。新しい服はあまり手に入らないし、人々はお金を持っていないからだ。とくに、遅れて復員（軍隊での任務を解かれた兵が帰郷すること）してきた人が、こういう格好で歩いているのをよく見かける。

この男の人も、今ごろになってようやく復員してきたように見えた。ちゃんとひげを剃っていないし、かなりやせている。けれど、顔つきは明るかった。とくに口と目は明るくて、今にも冗談を言い出しそうに見えた。それなのに、顔の左半分はしょっちゅうぴくぴく動いている。たぶん、自分でも止められない動きなのだろう。

「ここはほんとうにいいところだな、きみたち。ちょっと老人のために席を作ってくれないか」

男の人は軽妙な調子で言い、レオンハルトとエルヴィンのあいだに割りこんで座った。

列の端に座っているぼくからは、少し離れている。ぼくの隣にはマニがいて、その向こうということになる。さらにその向こうに、ヴァルターとディートリヒがいて、ギュンターは、もう少し離れて、反対側の端に座っている。

ぼくたちのだれも、何も言わなかった。男の人は落ち着きはらって、上着のポケットからタバコの箱とライターを取り出すと、タバコに火をつけて、吸いこみ、ドーナツ型の煙を吐き出した。ぼくはその人のぴくぴくと動く顔の半分から、目をそらすことができなかった。

「日曜日の遠足か？」と言って、男の人はレオンハルトを親しそうにつついた。

「そうだよ、それしかないだろ」と、レオンハルトがふきげんに答える。「おれたち、日曜日にはいつもここに来るんだ」

「日曜日にはいつもか？　冒険をしてみたいってわけか。本物のヒーローみたいに」

こんなふうにからかわれたら、どう答えたらいいのだろう？　男は話しつづけた。

「きみたちは口がきけないのか？　どうして、だれも何も言わないんだ？」

レオンハルトは落ち着きなくもぞもぞしている。すると、エルヴィンが言った。

「あなたは、このへんの人ではないですよね？」

男は笑った。

「よそ者は来ちゃいけないのか？」

エルヴィンは首を横にふった。

「そんなことないです」

「そうか、それはよかった！　ここに来られてうれしいよ。そして、話ができてさ。最初は、みんな口がきけないのか、勘弁してくれよ、と思ったよ！」

その人はタバコの吸いがらを泥炭の穴に投げこんだ。火がついたままの吸いがらを泥炭の中に投げすてるなんて、やっちゃいけないことだ。ふとそう思い、自分でもばかばかしくなった。

レオンハルトが口を開いた。

「おれたちは仲間なんだ。ふだんここでは、だれもおれたちの邪魔をするやつはいない」

男は、レオンハルトが言ったことが耳に入らなかったのだろうか、このあたりを初めて見るというふうに、ゆっくりと眺めている。

「きみたちは全員、同じ村から来てるのか？」と言うと、ぼくたちを順番に見ていく。

「そうだよ。あいつだけはちがうけど」と、レオンハルトがギュンターをあごで指した。

「ところで、フレディってのはどの子だ？」男が言った。

ぼくはだまって指で合図した。

「そうか、きみがフレディか、会えてうれしいよ。おれは昔、一度きみに会ったことがあるんだよ。きみがまだ、おむつにうんちをしていたころにね」

さまざまなことがぼくの頭の中を駆けめぐった。この見知らぬ男が現れたおかげで、おそらくレオンハルトの計画はつぶれた。この男が、たまたまここを通りかかっただけで、すぐにどこかに行ってしまうなら別だが。

それにしても、この人はどこでぼくの名前を知ったのだろうか。言われてみると、男の顔には見覚えがあるような気がする。だけど、どこで見たのか、まるで思い出せなかった。

「で、ちょっと向こうにいるあの子は、どこに住んでるんだ？」と、男はギュンターを指してたずねた。

「あいつはギュンターだ。クラウゼンから来てる」と、レオンハルトが答えた。レオンハルトがふきげんなのが、ぼくにはわかった。

「そうか。でも、きみたちの仲間なんだな？」と、男がたずねる。

「さっき、そう言ったじゃないか」レオンハルトはけんか腰で答えたが、目つきはきょときょとしていた。

「クラウゼンから来ているんだったら、きみたちとはちがうだろ。だから、聞いてみただけだ」

「いったいどこがちがうっていうんですか」と、エルヴィンが聞いたが、男はとりあわなかった。またタバコに火をつけ、体を少し後ろに反らせ、地面に肘をついた。

「だれか吸う者はいるかい？」

エルヴィンがなんだかほっとしたように笑って、答えた。

「たまに吸うけど、捕まらないように気をつけてるよ。それに、この森でタバコを吸うのは禁止されてるんです」

「おれはばらしたりしないがね」でも、男はぼくたちにタバコをさし出してすすめたりはしなかった。「なんという名前だったっけ？　クラウゼンから来てる、あのおかしな子は」

「ギュンターだよ」と、ぼくが答えた。でも、男がなぜもう一度聞いたのか、わからなかった。

「で、なぜあの子はきみたちといっしょにいるんだ？　クラウゼンに遊び相手はいないのか？」

「そんなの、あいつの自由じゃないか」レオンハルトが小声で言った。

「いったいきみたちは、ギュンターと何をして遊ぶつもりなんだ？　こんな平和な夏の日に」と、男がたずねた。

「お、おれたちが何をするつもりか、だって？」レオンハルトがつっかえながら言う。

　ギュンターはずっと、じっと動かず、静かに前を見ていた。まるで、いっさいがっさい自分にはなんの関係もないかのように。

　ぼくは顔が熱くなった。できることならここから逃げ出したい。それにしてもいまいましい、この男をどこで見たのか、どうして思い出せないんだろう。

　そのとき突然、ルイーゼがカービン銃を持って、やぶの中からこのなりゆきを見ているのだということを思い出した。ぼくは何げなくそっちの方に目をやったが、動くものは何もない。

「きみたちはあんな子を仲間に入れるのか？」と、男が聞く。

「ほかにどうするっていうんだ」レオンハルトがいらいらした調子で言う。

「きみたちがあの子に何かするつもりなんじゃないかと、ちょっと思ったもんでね。どうだ？　何か残酷なことを。ここで最近あった、ひどい話を耳にしたからな。きみたち、それに関与してるんじゃないの？」

　レオンハルトは何も言わず、困ったように目をきょろきょろさせていた。男はレオンハルトにはかまわず、ギュンターから左の方へ視線をそらし、シラカバの木にもたせかけてある車輪を見ていた。その奥のやぶの中で、ルイーゼがようすをうかがっているはずだ。それとも彼女は、よそ者が現れたので、帰ってしまっただろうか。

　いや、彼女はまだいる。なぜかはわからないが、ぼくはそう確信していた。ルイーゼのような子は勇気があるから、難しい状況になったからといって、すぐに逃げ出したりはしないはずだ、と感じたのだ。もちろんルイーゼが、こわがっているせいではなく、自分なりの考えがあってここを離れることはあるだろうけど。

「あそこのシラカバの木にもたせかけてある、あの車輪はなんだ？　まだ湿ってる。ぬかるみから引っぱり出したんだろ。あれで何をするつもりなんだ？」

　どうして車輪のことなんか言い出したのだろう？　どこまで見ぬかれているのだろう？　だれも何も言わない。だれも車輪のあるシラカバの木の方に目をやらない。

「だれも答えないんなら、おれがあててみせようか」男は全員を順番に見たが、相変わらずだれも何も言わない。「なぜきみたちがあの頭の弱い子を連れてきたのか、おれには見当がついている。みんなであの子をこっぴどくやっつけるつもりじゃないのか、何週間か前にあったいじめの件で。そのことで、きみたちは不安でたまらないからだ。ちがうか？」

　ふたたび沈黙。ぼくは今こそ話したかった。でも、喉をしめつけられているようで、声が出ない。

「きみたちがあの子を殺すつもりだってことも、ありうるんじゃないか？　そうすれば、ようやく安心できるからな。きみたちがあの子にしたあのひどいしうちを考えれば……。おれが何を言ってるのか、わかってるだろ、うん？」

　できるものならここから消えてなくなりたい。今までこんな重圧を感じたことはなかった。

「あんたが何を言っているのか、おれたちにはぜんぜんわからない！」と、レオンハルトが叫んだ。

「そんなことでごまかされるものか！　きみたちのようすを見れば、それくらいのことはわかる。おれをバカだと思っているのか？　さあ、始めるがいいさ、計画してきたことを！」

　男は突然、穴の中に飛びおり、下からぼくたちを見あげ、レオンハルトを見つめた。

「どんなふうにやろうと思ってるのか、話してみろよ。その子を車輪に縛りつけて沼に沈めるのか？　それとも、縛る前に猫のように溺れさせるのか？」

　レオンハルトはまぶたをぴくぴくと痙攣させ、唇を噛むと、荒っぽく言い返した。

「何もしようなんて思ってない！　おれたちが森の中でただ気分よく座ってちゃ、いけないのかよ？」

　すると男が言った。

「ほかの子は、まだおくびょうなままなのか？　いいかげん何か言ったらどうだ！」

「あんたはここの人間じゃない。おれたちがこの森の中で何をしようが、あんたには関係ないだろ！」

レオンハルトはぼくたちを落ち着きのない目で見た。ひょっとしたら「そうだ、そうだ」と言ってほしいのかもしれない。でも、みんなだまっていた。

突然レオンハルトは顔をまっ赤にして、ぼくたちに向かってどなりはじめた。ギュンターをトロッコの中に閉じこめ、石を投げつづけたときのように。トロッコの上に上り、狂ったようにどしどし踏みつけたときのように。

「おまえたちのだれかがしゃべったのか？」レオンハルトは穴の縁に立ちあがり、最初にエルヴィン、それからヴァルターとディートリヒの頭をつかんで揺さぶった。

「いや、ぼくはしゃべってない」と、マニが言う。

「でも、フレディがいとこにしゃべっただろ」レオンハルトの声は勝ち誇ったようだった。

「そのことは言ってないよ！」と、ぼくは大声をあげた。「ちゃんときみに話したじゃないか！」

よそ者はあいまいな笑みを浮かべ、穴の中を行ったり来たりしている。まるで痙攣を消したいというように、顔の左側をなでている。

「つまり、おれの推測があたってたわけだな。こいつはおもしろい！　今から、おれだったらどうやるか教えてやろう」男は突然、油断のならない表情になった。「向こうにある、黒い水のたまった沼……おれならあそこであの子を溺死させる」

ぼくたちは、まるで男が悪霊だとでもいうようにまじまじと見た。

男は心から助言しているんだ、という調子で、熱心に続けた。

「まず、あの子が死んでしまうまで待つ必要がある。それから引きあげて、車輪に縛りつけるんだ。きみたちはロープを用意してきただろう。さっきそれを見たとき、こりゃすごい、と思ったよ。この小さな犯罪者たちはあらゆることを考えて、完全な計画を練ってきたんだ、とね！　その計画どおりにやれば、警察が泥炭の沼のあたりを探しまわっても、底に沈んでいるその子が見つかることはない。おれはだれにもしゃべらない、約束するよ！」男は大声で笑い出した。

ぼくはギュンターを見た。手に持った棒きれで遊んでいて、満足げに座っているようにさえ見える。何も聞こえていないんだろうか？　そうは思えない。馬小屋ではまったく普通に話していたんだから。

「おれたちのことはほっといてくれよ！」レオンハルトが男に食ってかかった。「おれたちはここに座ってるだけだ。何をしようが、あんたにはなんの関係もないじゃないか」

「まあ落ち着け、坊主！　おれは、助けてやりたいだけだ」

「何をするって？　おれたちを助けるだって？」

男はレオンハルトをなだめるように、おだやかに言った。

「そうさ、失敗しないようにな。きみがいちばん年上で、大将なんだろ？　だから、きみに話してるんだ！　それとも、ほかに何か言いたい者はいるか？」

男はぼくたちを順番に見た。ぼくは言いたいことがあったのに、またしても声が出なかった。

くそ、この男は何をしようというんだ？

男は静かに上着の中に手を入れ、引き出した。その手にはピストルが握られていた。

「これを使えばもっと簡単だぞ、坊主。銃声は村までは聞こえない。おれは一度、このへんで撃ってみたことがある。射撃には心得があるのさ。あのちびを寝かせて正確に額を撃ちぬく。それから車輪に縛りつけ、黒い穴に沈めればいい。あの子が目障りだというなら、今けりをつければいい！」

ぼくは体が氷のように冷たくなり、震えを抑えることができなくなった。全員がこわばった顔で、見知らぬ男の手に握られた銃を見つめた。男は相変わらずほほえんでいるが、その笑みはもう感じよくは見えない。レオンハルトはふたたび穴の縁に座りこみ、動かない。

「やれよ、それとも急に勇気がなくなったのか、くそったれども？」

レオンハルトは男のさし出したピストルをじっと見ていたが、受けとろうとはしなかった。手を落ち着きなく動かし、どうしたらいいかわからないようすだ。

「あんたはいったいだれなんだ？」レオンハルトは硬い声で言った。

「おれがだれかなんて、どうでもいい。だが、こういうことをよく知っている者だ、とだけ言っておこう。なにしろ、いろんな目にあってきた歴戦の兵士だからな……」男は考えこむように言い、ポケットからタバコを取り出し、また火をつけた。そして森の向こうを見ながら、話を続けた。「難しいことをやるときには、専門家の助けが必要なものだ」

男はうまそうにタバコの煙を吐き出すと、タバコでギュンターの方を指して言った。

「ほら、あの頭の弱い子を見てみろよ！　きみたち全員が、あの子は仲間じゃないと思っている」男はまた、おもしろがるように笑った。

それから足を止め、ピストルをレオンハルトにさし出した。レオンハルトはためらいがちに受けとり、まじまじと見つめている。

何を考えているのだろう？　ひょっとしたらレオンハルトが男を撃つんじゃないか、という考えが頭をよぎった。そんなことは起きてほしくなかったが、男がいなくなると考えると、ほっとする部分もあった。跳びあがってレオンハルトの手からピストルを奪いとりたかったが、ぼくは身動きすらできなかった。今起きていることすべてが、悪夢のようだ。

「さ、おれはもう行くぞ。自分たちのことは自分たちで片づけるんだな」と男は言い、おまえたちには失望した、というように手をふった。「おれは足をほぐしに、そのへんを歩いてくる。戻ってくるかもしれないし、戻らないかもな。きみたちがどんな連中なのか、これからわかるってことだ」

男は吸いがらを乱暴に地面に投げすてた。

「なんでおれは、きみらの破廉恥な計画に鼻を突っこんだりしたんだろうな。きみらの牧師かなんかみたいに……。おれはこれでおさらばするよ。片づいたら、ピストルは沼に投げすてといてくれ」

男はすぐに穴の上に出て、一度もふり返ることなくシラカバとモミのあいだに姿を消した。ぼくは顔が熱かった。たぶんまっ赤になってるんだろう。

まだ煙を上げているタバコの吸いがらを見つめてから、ぼくは立ちあがった。すると、ギュンターも立ちあがった。

「あの人がだれだか知っているかい？」と、ぼくはギュンターに聞いてみた。

ギュンターは最初、首を横にふった。それから両腕をちょっと上げて、また下ろして言った。

「名前は知らない。きのう、うちに来てた。トラムスさんとこの農場に。ぼくの母さんとも話をしていたけど、ぼくは話は聞かなかった。中庭にいたから」

「ひょっとして、きみのお父さんじゃないの？」と聞いてみたが、ギュンターは首を横にふった。

「さ、帰ろう」と言おうとしたとき、急に、ルイーゼがやぶの奥にいることを思い出した。彼女にはとにかく、家に帰ってくれるように頼まないと。カービン銃はあとでぼくがとりにきて、また納屋のわらの下に隠すから、と。

そのとき、レオンハルトが口を開いた。

「あの変な男を知っているやつ、いるか？　どう考えても頭が変だよ。顔が痙攣しているの、見ただろ？　それに、あいつがやれと言ったことは……」レオンハルトの声はひどくしゃがれて、耳障りだった。手にはまだピストルを握っている。ぼくは言った。

「あの人に見覚えがあるんだ。ただ、どこで見たのか思い出せない。だけど、あの変な男がだれかなんてどうでもいい。この件をちゃんと片づけないと、レオンハルト。計画してたのとはちがうやり方で」

一瞬、レオンハルトがピストルをぼくとギュンターに向けるかもしれない、という気がした。しかし、レオンハルトはピストルを無造作に地面に投げすてた。

「ちゃんと片づけるって、どういう意味だ？　無精ひげを生やした兵隊くずれが知ったかぶりしただけで、おれたちの計画を変えるっていうのか？　自分で決めたことには責任を持つべきだろ。おまえもだ、フレディ！」

威勢のいいことを言っているにもかかわらず、レオンハルトは自信なさげに、小さく見えた。口先だけでも威勢のいいことを言うしかない、というようすだ。ぼくが逆らったのに、レオンハルトはぼくのことを敵意を持って見てはいないようだ。目つきが弱々しくなっている。

ぼくは突然勇気がわいてきて、言った。

「さあ、いっしょにギュンターを家に連れて帰ろう。ぼくたちは以前、ここでバカなことをしでかした。これから、自分たちの力で抜け出さなくちゃ」

「だけど、こいつの母さんになんて言うつもりなんだ？　そのあとは、どうなる？　おまえはちゃんとわかってるのか？」

レオンハルトはまるで、ぼくに安心させてほしいと言っているみたいだった。ぼくのすぐ前に立ちあがったが、目がどことなく虚ろだ。まだ穴の縁に座っていたほかの子たちも、立ちあがった。ぼくは言った。

「そのあとどうなるかなんて、どうでもいいよ！　とにかく、あの男が戻ってくる前に、ここを離れた方がいい」

ほかの子たちを横目で見ると、みんな、顔が緊張でこわばっている。レオンハルトだけはしょんぼりして、肩をすぼめている。だが、今もすべては彼次第なのだ。ぼくは気を抜かなかった。どっちみち、レオンハルトを安心させるようなことなんて、言えそうにない。ぼくはただ、こう続けた。

「あの男は、もっと何かするつもりかもしれないだろ？　ひょっとしたら、ほんとうに頭がいかれてるのかもしれない。ぼくたちがギュンターに何かしたら……だめだよ、そんなの最初からまちがいだった」

レオンハルトは、埃を払うみたいにズボンをたたいた。顔はうろたえ、傷ついて、ばらばらに壊れてしまいそうに見えた。こんなレオンハルトを、ぼくは見たことがなかった。

「いつだって大人が、何もかもだいなしにする」レオンハルトはしょげた調子で言い、ピストルを蹴ったが、それは数センチしか動かなかった。

一瞬、レオンハルトの顔が今にも泣き出しそうに見えた。いったい何が言いたいのだろう。

「おれはいつも、すごく腹が立ってたんだ、いつだって」レオンハルトは続けた。

「腹が立つって、だれに対して？」ぼくは小さな声で聞いた。いったいどういうことだろう？

あの男に怒っているのか？　それとも、以前あったことについて？

けれどレオンハルトは答えずに、目をそらした。

「『いつだって』って、どういうこと？」と、マニがやさしく聞いた。

「だまってろよ！」レオンハルトは小声で言った。「もうやる気が失せた。帰る。おれはもう、どうなってもいい」

レオンハルトは身をかがめ、ピストルを地面からすばやく拾いあげた。それから、ぼくたちに背を向けて穴の中に飛びおり、足早に泥炭の沼の方角へ向かった。そして一度もふりむかずに姿を消した。

ぼくたちは突っ立ったまま、耳をそばだてていた。レオンハルトが何をする気なのか、ぼくたちにはわからなかった。それから、叫び声が聞こえた。

「ちくしょうめ！　おれたちが望んでいたのはただ……！」

あとはもう、言葉にならないわめき声。それから水がはねる音。そのとたん、わかった。ピストルを沼に投げすてたんだと。

帰っていくレオンハルトの後ろ姿が、もう一度木の間ごしにちらりと見えたが、やっぱりこちらをふり返らない。手で顔をぬぐっているみたいだ。たぶん泣いているのだろう。歩き方も、まるでなぐられたみたいによろよろしている。もうすぐ森の中に消えてしまう。

ぼくはレオンハルトがかわいそうになり、走って追いかけたくなった。でも、追わなかった。

なんと言葉をかけたらいいのか、わからなかったから。

　これですべてが終わったわけじゃないことは、わかっていた。まだ、はっきりしていないことがたくさんある。これからどうなるんだろう。ぼくたちはどうしたらいいのかわからず、その場に突っ立っていた。

「レオンハルトったら、突然どうしたんだ?」と、マニが言った。まるで責めているみたいに。

「そっとしておいてやろう。きっともう落ち着いているさ」ぼくは答えた。

「でも、レオンハルトが家から追い出されたら?　そしたらどうなるんだい?」マニは心配そうだ。

「そしたら、どこかよそに住むさ。ぼくたちが計画していたことに比べれば、ずっとましだ」ぼくはなるべくギュンターに聞かれないように、小声で言った。ギュンターはほんとうに何も聞いていなかったのだろうか?

　そのとき突然、あの見知らぬ男が、まるで地面から生えたように現れた。みんな興奮していたせいで、近づいてくる足音が聞こえなかったのだ。

　男は両手をズボンのポケットに突っこんで、たずねた。

「きみたちの大将はどこに行ったんだ?」

「帰った。あんたのピストルを沼に投げすてたね。ぼくたち、あんなものはいらないんだから」

ぼくの声には怒りがこもっていた。すると、男が言った。

「心配いらないよ、フレディ。おれはどっちみち、あれをここに捨てるつもりだったんだ。おれの代わりにやってくれたとは、いい子だな！」

　そのとき、近くで——あの鉄の車輪をもたせかけたシラカバの木の方角から、ガサガサと音がして、ルイーゼの姿が現れた。カービン銃をかまえている。十メートルくらい離れたところだ。ルイーゼは銃身をあの車輪の上に据えた。

　ぼくは大声をあげながら、彼女の方に走った。

「やめて！　もう片づいたんだ！」

　でも、ルイーゼは銃をまだこちらに向けている。ぼくの声が聞こえていないのか、照門と照星をぴたりと合わせてねらいをつけている。と、銃身が少し動いたのが見え、次の瞬間、轟音が響いた。

「伏せろ！」男が叫び、ぼくの仲間たちとともに地面に身を投げるのが、影のように見えた。すごい音だった。銃身から少し煙が出ていた。ぼくの体は硬直し、心臓はがんがん鳴っていた。

　ゆっくりとあたりを見まわす。全員が立ちあがる。だれも悲鳴をあげなかった。死んだ者はいない。命中しなかった。ルイーゼは空中に向かって撃ったのだ。

　ルイーゼが大声でぼくたちにたずねた。

「その男、何者なの？　ここで何をする気なのよ？」

　カチャッという音が聞こえた。また弾をこめたのだ。ルイーゼはふたたび引き金に指をかけ、男にねらいを定めている。

「撃たないで！　もう片づいたんだから！」

でもルイーゼは、ほほを銃身に押しつけたまま動かない。ぼくはカービン銃に触らないように注意しながら、近づいた。彼女の顔が緊張していたからだ。

「この男は、あんたたちをどうしようっていうの？　撃ち殺してやろうか？」ルイーゼがはりつめた声で、つぶやくように言う。

ぼくも興奮し、混乱しながら、ささやき声で答えた。

「撃っちゃだめだ！　この人が何者なのかはわからないけど……もう、前とは事情がぜんぜんちがうんだ。ギュンターのことはすっかり解決した。レオンハルトは帰ったし……ぼくたちはバカなことはしない……ぼくは知らなかったけど、この人がピストルを持っていて……」

今すぐにルイーゼに言いたいことが、いっぱいあった。何から話せばいいのだろう？

とにかく、ルイーゼがもう一度撃つんじゃないかとこわかった。カービン銃は今も、あの見知らぬ男をねらっている。でも、つい今しがた起きたことを、ルイーゼは知らないのだ。もしかしたら彼女も、怒りをためているのかもしれない。何が起こってもおかしくない。とにかく銃を下ろさせないと！

「その銃はもとのところに戻そう」ぼくはなるべく落ち着いた声で言った。「今夜ぼくがとりにきて、納屋に戻しておくから。そうすれば、だれにも気づかれない」

「でも、ギュンターはどうなるの?」

ぼくたちは今もまだ、小声で話していた。仲間たちと男は、泥炭の穴の縁に立ったまま、じっとこっちを見ている。発砲されて、まだ驚きがさめないようだ。

見知らぬ男がタバコに火をつけ、ゆっくり近づいてきた。表情はいたずらっぽいが、同時に、すごく真剣だ。顔の半分がひどく痙攣している。男は用心深く、一メートルほど離れたところで足を止めた。

「その女の子はだれなんだい、フレディ?」男は、まるでぼくの古くからの友だちみたいな調子で話しかけてきた。それに気づいたルイーゼが言った。

「だれなの?」そしてぼくが何か言う前に、カービン銃の先を少し下げた。

「それをおれによこすんだ、お嬢さん」男が静かに言い、手をさし出す。

ルイーゼはためらうようにぼくを見た。ぼくはそうしてくれ、とうなずいた。なぜこの男を信用できると感じるのか、わからなかったけれど、そうすることが正しいという自信があった。

ルイーゼが銃を渡すと、男はそれを無造作に肩にかついだ。

「こいつも沼に沈めてこよう。でないと、不幸なことが起きる」

だれも、何も言わなかった。

「よかったら、ここで待っててくれ。もちろん帰ってもいいが、ちゃんとギュンターを送っていくんだぞ。さあ、これですっかり片づいたということかな?」

男は穴の中に下り、やぶをかきわけながら進んでいく。数分後、ぼくたちの耳に、二回目のバシャンという音が響いた。

男はゆっくりと戻ってきて、ぼくたちのいる穴の縁によじのぼった。

「そうか、まだいたか」

男は草の上に座りこみ、背中をシラカバの木にもたせかけた。ぼくたちは立ったままでいた。これから何が起こるのか、見当もつかない。

「レオンハルトが行ってしまったとは、残念だな」

「どうして、レオンハルトの名前を知ってるんだろう?」と、疑問が頭をよぎった瞬間、この男がだれだか、やっとわかった。ぼくは大声を出した。

「もしかして、ヴィリーなの？　ああ、驚いた。捕虜になってるんだとばかり思っていた」

「やっと思い出してくれたか。何日か前に病院から出てきたんだが、その前は確かに捕虜になっていた。きみが思い出せなくてもおかしくないな」

「で、ここに何しにきたの?」ぼくはすっかり混乱していた。

「さっき言ったとおりさ。足をほぐすために歩いてた。ピストルの始末もしたかったしな」

ぼくはいとこのヴィリーを見つめた。なんだかはぐらかされているように思ったからだ。しかし、とおりいっぺんの返事をして少し時間をとったあと、ヴィリーは落ち着いて話し出した。

「クラウゼンときみらの村で、ここで起こったことを小耳にはさんだのさ。ギュンターが戻ってきた今、不良の一味がもっとひどいことを計画しているかもしれない、といううわさもあった。その連中はギュンターをうすのろだと決めつけて、ひどいいじめをしたという。それなのに……そんな連中が突然、ギュンターを遊び仲間に入れ、いっしょに森に来い、とやさしく誘ったりするだろうか？　その話を聞いて、おれは何か変だ、と思ったのさ。ギュンターの母親は、あの子にもやっと友だちができた、と喜んでいた。だがおれには、そうは思えなかった」

ヴィリーはいじわるく笑った。

ぼくたちは、ヴィリーから二メートルほど離れたところに突っ立っていたが、エルヴィンがふいにしゃがみこんでたずねた。

「ぼくたちが森のこの場所にいることや、何をやろうとしているかということは、どうしてわかったんですか？」

ヴィリーは上着のポケットに手を突っこんでタバコを取り出し、最後に残っていた一本を抜き出すと、箱を握りつぶして投げすてた。

「いや、知っていたのは、きみたちがギュンターを誘い出したということだけで、ほかには何も知らなかった。だが、推測はできる。ギュンターの母親がギュンターを入院させていたリューネブルクの病院に、おれも入っていたんだ。で、おれがギュンターの父親を知っている、ということが偶然わかってな。前線でもその後の捕虜生活でも、いっしょだったのさ。そのときおれは彼に約束した、あんたが戻るまであんたの息子の面倒をみる、と。それを知ったギュンターの母親は、この子がどんな目にあわされたかを打ちあけたんだ」

ヴィリーはそう言いながら、ギュンターに腕をまわした。

「この子はひどい病気にかかっていた。だから、少しおかしいように見えるかもしれない。だが、もうよくなったんだ。そうだろ、ギュンター？」

ギュンターはとまどったような笑みを浮かべた。

ほんとうならぼくは、会ったとたんにヴィリーだとわかってもよかったのだ。マルガレーテおばさんが飾っていた制服姿の写真を見ていたんだから！　でも、ＳＳの制服を着ていなかったから、わからなかったのだ。

ぼくは信じられないほどほっとしていた。だって、見知らぬなぞの男がふいに親戚の人間だとわかったのだから。

しかし今も、ぼくたちはまずい立場にあった。あのときギュンターにやってしまったことのためにに。そして、今日やろうとしたことのために。ヴィリーはまだ、エルヴィンの質問に最後までは答えていない。

「だけどどうして、レオンハルトにピストルを渡したりしたの？」と、ぼくは聞いた。そのことで自分がヴィリーに腹を立てていることに、話しているうちに初めて気づいた。「それから、どうしてあんなことを言ったの？　……ギュンターをどうやって……つまり……ぼくたちがどうやってやったらいいかなんて」

ヴィリーはしばらくしてから答えた。

「きみたちに、自分たちが何を計画していたのか、自分の頭ではっきり理解させるためだよ！」

ヴィリーはぼくたちの方を見あげ、まぶしそうに目を細め、まばたきをした。

続く沈黙をやぶったのは、遠くのカッコーの鳴き声だけだった。やがて、エルヴィンが聞いた。

「もしぼくたちがそのとおりに……あなたがいなくなったときに、やろうとしたら……？」

ヴィリーはその質問に、正面からは答えなかった。

「確かにきみたちは、切りぬけそこねるところだったかもな。だれも、そんなことには加わらないという、しっかりした強さを持っていなかったんだから！　おれは知っているが、そういうことはよくあるんだ。恥じる必要はない……」そう言うと、ヴィリーは顔の左側をなでた。「ピストルには弾が入っていなかったのさ。おれだってバカじゃない。それに、すぐ近くでずっとようすをうかがっていた」

「ギュンターのお母さんにこのことが知れたら、なんて言うんですか？」と、エルヴィン。

「ほんとうに、どう説明したらいいんだろうな？　森の中で、頭が混乱しているくそったれなガキどもに会った、とでも言おうかな」ヴィリーが笑うと、ギュンターもにやにやした。「それにしても、きみの女友だちは銃で何をしようとしてたんだ？　それだけはまだわからない。たとえばギュンターをバンバン撃つとか？」

ぼくはしどろもどろになって説明した。

「ルイーゼは……止めてくれることになってたんだ。レオンハルトがどうしてもやろうとしたら……」

「ほんとうのところ、彼女に撃たれるんじゃないかと思って、おれはこわかったよ。ようやっと戦争を切りぬけて戻ってきたというのに、村の小娘に撃ち殺されてしまうのか、ってね……。いったい、あのカービン銃はだれのものなんだ？」

「ルドルフおじさんの銃なんだ。おじさんが納屋に隠してた」

「きみがここに持ってきたのか？」

「そうだよ。ほかにいないでしょ」

「今は、沼の底だ」

「ルドルフおじさんが知ったら、親のところに帰されちゃうよ」ぼくは小さな声で言った。

「心配いらない。おれはだれにも言わない」

　ヴィリーはしばらく何も言わなかったが、それからまた口を開いた。

「きみたちのうち、だれかひとり、レオンハルトと母親のところへ行ってこい。あの子は今、ひどい気分でいるにちがいない。哀れなろくでなしめ！　あいつの母親は身寄りがなく、子どもたちにもじゅうぶんに食べさせられないでいる、という話だ。きっとこうなったら、息子を施設に入れようとするだろうな。もう自分の手には負えないと思って……。だがそうなれば、レオンハルトはすぐに本物の犯罪者になってしまうだろう。

が、ひょっとしたら、まだあいつを窮地から救い出すことができるかもしれない。簡単ではないが、やってみるべきだ。もしかしたら、まっとうな道にひきもどすことができるかもしれないからな」

ヴィリーは立ちあがり、ズボンについた草を払うと、ぼくたちの方を見た。

「フレディ、行くか？　ほかの子はギュンターを送っていくから」

ぼくは喉がしめつけられる気がした。レオンハルトのお母さんに会って、何を言えばいいんだろう？

「だ、だけど、行って、どうすればいい？」ぼくはつっかえながら聞いた。

「ほんとうのことを言えばいい。母親がレオンハルトについてまだ知らないことを、話すんだ。真実だけが役に立つ、とよく言うからな。そうすれば、片づくさ！」

ぼくは問いかけるようにヴィリーを見つめた。

「片づくって何が？」

「ここから少し離れよう。泥炭の沼の腐ったような臭いはたまらん」

高く積みあげられた泥炭の山のそばを通って、石塚の方に移動した。みんな、まだかなり頭が混乱していた。

「きみたちは殺すつもりはなかった、そうだろう？」ヴィリーはポケットをひっかきまわしたが、タバコはもうなかった。

ぼくたちはうなずき、ルイーゼが「もちろんよ！」と言った。

「そうだろう。それなのにきみたちは、あやうく加わるところだった」

「レオンハルトのせいだよ」と、マニが言う。

「あの子に責任をなすりつけるな！　あいつが、いちばん不安がっていたというだけのことだ。ギュンターがしゃべってしまったら、どういうことになるか心配で……。それに、おれが思うに、あいつはこれまでかなり大口をたたいて、リーダーを気取ってきて、ひっこみがつかなかったんじゃないか？　だれにも相談しなかったんだろ――たとえば、きみたちの父親に？」

「父親がいる家はあんまりないし、いたとしても、頭がおかしいんじゃないかと思うほどなぐる父親だけだもの」と、マニ。

ぼくは言った――ぼくは相談したかった、じっさい、フリッツに相談しようとしたんだ。でもフリッツは、そのことなら全部知っている、でも、それは自分たちとは関係ない、おまえたち自身が解決方法を見つけないといけない、と言っただけだった、と。

「そのとおりだと思ったわけか？」と、ヴィリー。

「ぼくたちみんな、不安だった。どうやったら抜け出せるのかわからなかった」

ヴィリーは今ではひどく真剣な顔になっていて、強い調子で言った。

「そういうことは、大人にだって起こりうる。大人の場合でも、たとえば……」

最後まで言わずに、ヴィリーは歩き出した。街道のそばまで行ったとき、ヴァルターが後ろから質問を投げかけた。

「だけど、だれかがユダヤ人だったら？　でなきゃ、頭が弱かったら？」

　ヴィリーは足を止めた。

「そのことが、今日のこととなんの関係があるんだ？」

「だって、そういう人たちは殺されたんでしょ。だれだって知ってるよ」

「そのことは、子どもとは話したくない。ここで話すことじゃない！」ヴィリーは少しのあいだ前を見つめ、痙攣する顔をぬぐうと、聞きとれないような小さな声で言った。「でも、ひょっとしたら、いつか……」

　それから、調子を変えて続けた。

「きみたちのだれも、今日の午後起こったことをひと言もしゃべる必要はない。とくに、ギュンターの母親には。でないと、よけいな心配をさせることになるからな」

「わかったわ」と、ルイーゼが言った。

「さあ、ギュンターを家まで送っていくんだ。おふくろさんはバターケーキを焼いていたぞ。もしかしたら、きみたち犯罪者どもにも、ひとつずつくれるかもしれない。ま、フレディにもひとつは残しておいてやれよ……フレディは先に行くところがあるからな」

　それから、ヴィリーはひとりひとりと握手をした。そうすることで、約束させたということなのかもしれない。

「近いうちに、また会おう。じゃあ、がんばってこい！」ヴィリーはぼくの髪をなでた。それから、ヴァイデンドルフの方角へ去っていった。

途中まで、みんなといっしょに歩いた。だれもほとんど話をしなかった。なぜヴィリーは、よりによってぼくに、レオンハルトを訪ねるよう言いつけたんだろう？

突然、エルヴィンが聞いてきた。

「あの人もＳＳにいたのかい？　村のほかの男の人たちと同じように」

「全員がＳＳだったわけじゃないよ、そういう人は多いけどさ。ＳＳは制服もかっこよくて、馬術の選手みたいだよね」と、マニが言った。「けど、レオンハルトのお父さんはちがう。普通の兵隊だったんだ」

ギュンターは何も言わなかった。

そのあとはみなだまったまま、夏の日に照らされた砂地の道を歩いていった。収穫物を乗せた馬車が追いぬいていく。馬車は石だたみの道を走るとひどくがたがたするので、砂の道の方がいいのだ。

分かれ道に来ると、ぼくは自分の村の方に曲がったが、ほかのみんなはクラウゼンの方角へ歩きつづけた。

「あいつらは運がいいな」と、ぼくは思った。

16

レオンハルトのお母さんは背が低く、がっちりした感じの人で、いつも、せっせと何か仕事をしている。毎日夕方、牛乳缶を持ってうちの牛小屋にやってくるが、ぼくはこれまで「こんにちは」以上の言葉を交わした覚えがない。

ぼくが垣根の門を通って中庭に入っていったとき、レオンハルトのお母さんはジャガイモの山の前にしゃがみこみ、大きさごとにいくつかの籠に分けて投げ入れていた。細い白髪が顔の前にたれている。顔を上げないが、ぼくが来たことにはぜったい気づいている。

ぼくはそばまで行って、立ち止まった。お母さんは、そばにだれもいないかのように働きつづけている。どうやって話を始めたらいいのだろう？　レオンハルトも、姉さんたちの姿も見えなかった。

するとお母さんが口を開き、無言の気まずさから救ってくれた。言っていることは、感じがいいとはいえなかったが……。

「お仲間が、不良息子のレオンハルトの荷造りを手伝いにきたのかい？　あの子はすっかり白状したよ。もううんざりだ。施設に行ってもらうよ！　それがいちばんさ。あんたやほかの不良どもも、とっとといなくなってほしいね！」

声にとげがあったが、体は少し震えていた。手は休むことなく動いている。

「どうしてあんたたちは、この村で、ならず者の兵隊みたいなまねをしたんだい？　小さな男の子を、理由もなくあんなに痛めつけるなんて！　その子に障害があり、自分たちが卵をちょっと盗みたかったたっていうだけで。わけがわからないよ！　あんたはおじさんにどう説明するんだね？」

お母さんはちょっと目を上げた。その顔に浮かんでいたのは怒りではなく、悲しみと疲れだった。ぼくは足もとが揺れているような気がした。お母さんはジャガイモを分けつづける。

どう答えたらいいのかわからなかったので、ぼくも地面にしゃがみ、小さなジャガイモをはじき、大きなジャガイモをお母さんの手の届くところに押しやるか、じかに、大きさ別の籠に投げ入れはじめた。だんだんうまくなった。

ぼくはお母さんと並んで、無心で作業を続けた。やがて、籠のひとつが大きなジャガイモでいっぱいになった。

「この籠、どこに持っていけばいいですか？」ぼくは聞きながら、立ちあがった。

「納屋の中！　しきりの向こうよ」

ぼくは重い籠を持ちあげて運び、空にしてきた。それからさらに十分か十五分ほど、並んで作業を続けた。でも、やっぱり何を言ったらいいのかわからなかったので、おそろしく長い時間に思われた。

とうとうお母さんが口を開いた。

「何か話すことがあるのかい？」

ぼくは手を止めて、小さな声で言った。

「ほかの子たちは、ギュンターをお母さんのところに送っていきました。ちゃんと正しいことをしたんです」

「あんたたちは、あの子を殺すつもりだったんだろう？　うちのろくでなしの言うことを、わたしが誤解してるんじゃなければ」

「ちがいます、ほんとうはそんなつもりじゃなかったんです。そんな話をしてただけです。みんな、不安だったから……。レオンハルトだって、そんなことをほんとうにしたがっていたとは思えません。もちろんほかの子たちも、そんなことはしたくなかった」

そのあとも、無言でいっしょに作業をした。ぼくは立ちあがり、またいっぱいになった籠を納屋に持っていった。レオンハルトのお母さんは、ずっと長いことこうして働いていたにちがいない。納屋にはもう数百キロものジャガイモが山になっていたから。四人家族の一年分だろうか？

ぼくはもう一度お母さんの隣にしゃがんだ。中庭のジャガイモの山はだいぶ小さくなっていた。

「そんなつもりじゃなかったって、どういうことよ？　ズボンのポケットに小便をしたうえ、あの子をトロッコの下に押しこんで、石を投げつけたくせに。それも、そんなつもりはなかったけどやったというの？」

レオンハルトは、最初から洗いざらいお母さんに打ちあけたのだ。

「そういうことをしたのは、そのとおりです。でも、レオンハルトが、ぼくたちほかの者より悪かったっていうわけじゃありません。施設に入れないであげてください！」

「あの子に、わたしと話しにきてくれと言われたの？　わたしをうまく説きふせてくれって？」

「ちがいます！」

「あんたが、あの子にこの村にいてほしいと思っている、というわけ？」

「そうです！」

「あの子がまたバカなことをやらかしたら、どうするのさ？」

「もうしません！　ぜったいです」

「そんなこと、保証できる人がいる？」

「ぼくが保証します」

こんなことまで言ったら深入りしすぎかもしれなかったが、かまうものか。

「だれに言われてここに来たの？」レオンハルトのお母さんはしまいにこうたずね、きっと鋭くこっちを見た。

「ヴィリーです」

「そのヴィリーって、だれなのよ？　放浪してる男なんでしょ？　子どもに子どもの殺し方を教えるなんて、いったいどんな人なんだか」

「ヴィリーは、そんなことしてません！　ぼくたちにわからせようとしただけです。……ぼくのいとこなんです。ようやく復員してきたんです」

「ふーん、そうかい」

ぼくたちはまた作業を続け、お母さんはさらにたずねた。

「そのヴィリーが、あんたたちのいじめといったいなんの関係があるの？」

「もともとは関係ないんです。でもヴィリーは、ギュンターのお母さんを知ってたので、ぼくたちがギュンターをどうするつもりか見ようと、森に来たんです。それでぼくに、レオンハルトと話してこいと言ったんです」

「で、あの子に何を言うつもり？」

「だから、もう二度とあんなことはやめようって……」

「あの子が、あんたの言うことを聞くと思ってるのかい？」

「はい」

「わたしもいっしょにいた方がいいかい？」

「いいえ、ぼくたちだけの方が……」

「どうしてよ？」

「あいつに、ちょっと聞きたいことがあって……」

　お母さんは目を伏せたまま、次々とジャガイモを選別していく。ぼくも作業を続けながら、小声で言った。

「あいつ、言ってたんです。いつも腹が立ってる、って。それはどうしてかなって……」

　これを言うのは、気が重かった。お母さんは手の動きをゆるめ、小さな声で言った。

「なぜなのかは、あの子自身わかってないのよ、フレディ。あの子の年じゃ、わかりっこない！　もちろんあんただってね」

　お母さんはすっかり仕事の手を止め、ぼくを見つめた。エプロンのように腰に巻きつけているジャガイモ袋の上に、両手を置いて。

「でも、わたしにはわかる。あの子が腹を立てているのは、父親が死んだから。それも、ほかの男たちのように英雄として死んだわけじゃないから。あの子が腹を立てているのは、わたしたちがこの村で家畜小屋で暮らすしかなく、じゅうぶんに食べることもできないから。おまけに難民と呼ばれ、白い目で見られているから。あの子が腹を立てているのは、自分が家の中の唯一の男で、この暮らしをよくする責任があると感じているのに、何もできないでいるから。あの子から見れば、そういうことなの。

　だから途方に暮れて、怒りをためこんでる。その反動で、いつも大口をたたき、ときには極端なことをしてしまうのよ」

「どうしてやればいいんですか？」ぼくは小さな声で聞いた。

「わたしにもそれはわからないわ……。さ、行ってやって！　レオンハルトは荷造りをしてる。あの子に言ってやってちょうだい、もう荷造りはしなくていいって。そして、あんたが伝えたいことも話すといい」

お母さんは立ちあがって背中を伸ばし、中庭に残っているだいぶ少なくなったジャガイモを見つめ、ふいに大声をあげた。

「何してんの！　さっさと行きなさいよ！」

「じゃあ、レオンハルトはここにいてもいいんですか？」

「あんた、バカなの？　それ以外に、あの子が荷造りをやめていい理由があるとでもいうの？」

「でも、まずジャガイモを最後までしわけてから……」

そのとき、レオンハルトが家から出てきた。家といっても家畜小屋だから、ちゃんとした扉はなく、うちの馬小屋のように、押せば開く戸があるだけだ。

レオンハルトはぼくを見ると驚愕の表情を浮かべ、顔面蒼白になって立ち止まった。こんなレオンハルトは見たことがない。母親がだれかと話しているのは聞こえていたけれど、ぼくだとは思わなかったのかもしれない。そのままだまって突っ立っている。

最後のジャガイモをしわけ終わると、ぼくは無言で籠を納屋に運び、帚をとって中庭に戻った。レオンハルトのお母さんは家の中に姿を消していた。ぼくがジャガイモから落ちた泥を掃くのを、レオンハルトは落ち着きのない目で見ている。ぼくは言った。

「荷造りはやめていいって、お母さんが言ってたよ！　いろんなことがちゃんと片づいた。ぼくはこれから、ギュンターと話をしにいくんだ。きみも来ない？」

　レオンハルトは首を横にふり、「今は、おれは家にいたい」と言った。


　ぼくはクラウゼンに向かって走った。仲間たちがまだいればいいんだけど。ひとりだけで、ギュンターのお母さんとも話すはめにはなりたくなかった。そうなったら、またバカみたいに突っ立ってるしかなくなる。

　家に着くと玄関のドアを押しあけ、階段を駆けあがった。みんなまだ、二階の台所に座り、ジュースを飲んでいた。バターケーキが一個だけ、大きな皿の上にちょこんと残っていた。ルイーゼと仲間たちが、皿をぼくのところにまわしてくれた。

「これはきみのだよ」と、ギュンターが言った。

　みんなで帰るとき、外まで送ってきたのはギュンターひとりだった。ぼくはけっきょく、お母さんとは顔を合わせなかった。

　ほかの子たちが歩き出しても、ぼくはちょっとあとに残った。ギュンターとだけ少し話したかったからだ。でもよくあるように、興奮しているせいで、ほんとうに言いたいこととはまったく別のことを口にしてしまった。

「ロッテにトラケーネンの血が入っているっていうのは、ほんとうのことかい？」

「ほんとうだよ！　それも、かなり濃い血をひいてるよ」

ギュンターはちょっとのあいだ、ぼくを見つめていた。ぼくが何を言いたいのか、わかっているのかもしれない。

「……お母さんはなんて言ってた？」

「冒険してきたら、おなかがすいたろうね、って」と、ギュンターは答えた。

「ほかには？」ぼくは食いさがった。

「楽しかった？　って聞かれたよ。だから答えたんだよ、とても楽しかったって。ぼくには、みんなが話してることや、起きてることが、ちゃんとはわからなかったけど、って。それから、きみとロッテについて話したって」

ギュンターは何も聞いていなかったわけじゃない。ぼくたちが気づかなかっただけで、かなり機転のきくやつなのかもしれない。ギュンターのお母さんはそれ以上、質問はしなかったらしい。これで、すべてうまく片づいたことは確かだった。

ぼくだって、レオンハルトのお母さんに言われたことを、全部ちゃんと理解できたわけじゃない。ヴィリーが話していたことも。これからもずっと、考えつづけるだろう。

17

夕方六時ごろになって、うちの農場に帰り着いたときには、ぼくは疲(つか)れはてていたが、気分はよかった。おじいちゃんが、片足(かたあし)をひきずって庭を歩いていた。アンネマリーは梨(なし)の木の下に座(すわ)り、新聞を読んでいる。

ぼくは馬小屋に入り、カラス麦をひと升(ます)とってきて、ロッテにやった。ロッテは大きな口でほおばり、頭をあっちこっちへ動かしながら咀嚼(そしゃく)する。元気なしるしだ。目にたかるハエを追(お)っぱらいたいだけかもしれないけど。飼葉(かいば)を入れないカラス麦は、馬の大好物だ。でも、人間にとってのケーキと同じで、健康にはあまりよくない。

今度の日曜日にはもう一度、ひとりで遠乗りに行かせてもらえるかもしれない。そうなっても、あの悪臭(あくしゅう)のする泥炭(でいたん)のくぼ地の方には行かないことにしよう。ハイドモーアの、うちの牧草地の方が気持ちがいいし、森に行ってもいい。森でなら、速く走れる。ギュンターのところに寄ってもいいかもしれない。あいつは馬のことをよく知っているから……。

そのとき馬小屋の戸が開き、ルイーゼが入ってきた。ここに入ってくるのは初めてだ。戸のすぐ内側に立ったままで、ルイーゼは言った。

「あんたの馬に餌をやってるの？」

「そうだよ。ロッテにはトラケーネンの血が入ってるんだ。馬のことをよく知っているやつに聞いたんだ」

ルイーゼは近づいてきて、ロッテの首を軽くかいた。

「……もし何かがちがってたら、わたしはレオンハルトを撃ち殺していたと思う？」

「わからないよ」ぼくはほんとうのところ、そのことについてはもう何も聞きたくなかったし、考えたくもなかった。

「ギュンターが溺れさせられそうになったら、わたし、ほんとうにやってたと思うわ、フレディ。弾はこめてあったし！」ルイーゼはそう言って、にっと笑った。「撃ったとき、すごい音だったと思わない？　わたし、一度ちゃんと撃ってみたかったのよ。肩への衝撃もすごかった。もうちょっとで、尻もちをつくところだった！」

「ちびのヴァルターは、おびえてズボンにもらしてた。びしょびしょになってたもん」

ぼくらは、声をそろえて笑ってしまった。

「一瞬、きみが誤ってヴィリーを撃ち殺しちゃうんじゃないかと、心配になったよ」

「じつはわたし、弾をこめて撃ったことがなかったの。クリスマスツリーの下で父さんに教わったときは、引き金を引いても、カチッと音がしただけだったから。今回は、枝にねらいをつけてた。命中しなかったけどね」

　ぼくは、ルイーゼに打ちあけるかどうかちょっと考えてから言った。

「きみが来てくれてなかったら、レオンハルトがあれをやる前に、ぼくがあいつを沼に突き落としてたと思う」

「そうしてたら、あいつの方が溺れていたわね！」

「そうとはかぎらないんじゃない？　溺れるとはまったく思ってなかった。だけどね、ヴィリーはレオンハルトのことをそれほど悪く言ってなかったろ。ぼくも今は、悪く思ってない」

「あのヴィリーって、ちょっと変わった人ね。でもレオンハルトのことは、あの人の言ってたとおりかもしれない。レオンハルトとは話ができたの？」

「あいつのお母さんがジャガイモを選別してたから、手伝いをして、いろいろ話したんだ」

「施設に入れられることになったの？」

　ぼくは首を横にふった。

「あぶないところだったけど」

　もう一頭の馬のジョージが荒い鼻息を立て、通路に勢いよく首を伸ばしてきた。ロッテがうまそうに食べているので、自分だけがまんすることができなかったのだ。ぼくはジョージにも手のひらいっぱいのカラス麦をやった。

「ヴィリーか……わたしにもああいういとこがいればいいのに。兄さんでも、どっちでもいいけど」

ルイーゼは、けっきょくどうなったの、とは聞かなかったけれど、知りたがっているのははっきりしていた。

「もう、全部片づいたんだよ。いじめのことも」

「レオンハルトは家ですっかり話していたの？」ルイーゼは聞いた。

「うん、何もかもね。そして、もう荷造りを始めていた」

「もっと話して！」ルイーゼが頼んできた。

「また今度ね」ぼくがそう言っても、ルイーゼはふきげんにならなかった。

「バターケーキ、おいしかったね。それに今日は、ギュンターが鼻汁をたらしてなかったわ」

「ねえ、ルイーゼって、ほんとうに親戚がだれもいないの？」

「そうよ」

ふたりで馬小屋を出て、梨の木の下のベンチに座った。なんとなく、そわそわしてしまう。ルイーゼは親戚がいないなんて、かわいそうに。いつか、親戚はみんなどうなったのか聞いてみよう。たぶん、戦争で亡くなったんだと思うけど。

ニワトリはすでにニワトリ小屋に集められていた。アヒルだけがまだ、牧草地の泥だらけの水の中で、ガーガーと鳴いていた。アンネマリーが台所から出てくるのが見え、その後ろからヴィリーとグスタフの兄弟、そしてフリッツが出てきた。全員、いい服を着ている。今日は日曜日だから、きっといっしょにダンスに出かけるんだろう。

ヴィリーはぼくの髪をなでた。その顔を見て、ヴィリーがほかのいとこたちに今日のことを何ももらしていないことがわかった。ヴィリーみたいな人は口が固いのだろう。

「全部うまく片づいたか?」ヴィリーは小さな声で聞いた。

ぼくはうなずいた。

「きみはだれだい? フレディのガールフレンドかい?」と、グスタフが聞いて、ルイーゼに手をさし出した。それからぼくに目くばせした。

「隣の家のルイーゼだよ」と、ぼくは答えた。

「じゃ、わたし、帰るね。夕食の支度をしなくっちゃ」

ルイーゼはさよならと手をふると、まるで縄なしで縄とびをしているように、ぴょんぴょん跳ぶような足取りで中庭を出ていった。彼女の後ろ姿が角を曲がって隣の農場に消えるまで、ぼくはずっと見送っていた。

そう、ぼくたちはきっとまた、レオンハルトと仲よくなれるだろう。

お母さんにすべてを打ちあけるなんて、すごいことだ。ぼくだったら、まちがいなく半分くらいはごまかしてしまっただろう。

SSの男たちについての悪い評判を、ぼくはしばしば耳にしていた。ヴィリーもSSだった。

でも、ぼくはそんなこと気にしない。ヴィリーもグスタフも、そんな人じゃない。だれかのことをちゃんと知っていれば、みんながうわさしていることに耳を傾けようなんて思わなくなる。ギュンターのこと——頭がおかしいなんていううわさも同じだ。でも、このふたつを同じと言っていいのかどうかは、自信がない。

グスタフはその晩、もうすぐ結婚するんだ、とぼくに打ちあけてくれた。結婚式にはかならず招待するからな、と。ぼくをわざわざ離れたところに呼んで、改まった口調でそう言ったのだ。

悪い人は、子どもを結婚式に招待したりしない。ぜったいだ。

ずっとあとになって、ぼくはグスタフについてさまざまなことを知った。戦争中に彼がしたよくないことも。それでも、ぼくは今もずっと、結婚式に招待してくれたグスタフのことが好きなのだ。

カービン銃については、それきり話題にならなかった。ひょっとしたらルドルフおじさんは、あのときすでに銃のことなど、忘れてしまっていたのかもしれない。

日本の読者のみなさんへ

この物語は、わたし自身が子どものころに体験した、じっさいのできごとにもとづいています。わたしは一九四〇年から一九四八年まで、北ドイツの小さな村のおじとおばのところで暮らしていました。というのも、ドイツ西部の実家では、家庭内に絶え間ないもめごとがあったからです。

この八年間は、わたしにとってとてもすばらしい、生涯の中でも重要な歳月でした。

一九四五年、第二次世界大戦が終わると、多くの難民が、戦前はドイツ領だった東の地域から逃れてきました。わたしたちは、そうした難民の子どもたちとすぐに仲よくなりました。

物語の中心となっているできごとは、ほんとうにあったことです。しかし、これはノンフィクションではなく、小説です。わたしは作家として、いくつかのじっさいのできごとを、読者にわかりやすいように組みあわせたり、舞台(ぶたい)となった村やその周辺のようす、モデルとなった人々などに、多少の変更(へんこう)を加えたりしました。というのも、当時のわたしの仲間たちの多くは、まだ健在なので、過去のできごとについての物語に、自分だとわかる人物が登場するのをいやがるかもしれない、と思ったからです。

みなさんがこの物語を読んで、さまざまなことを感じてくだされば、うれしく思います。

ヘルマン・シュルツ
（物語の中のフレディ）

訳者あとがき

この物語は、ドイツの作家ヘルマン・シュルツが二〇一三年に発表した“Warum wir Günter umbringen wollten”の全訳です。「日本の読者のみなさんへ」の中で、作者が自分自身を「物語の中のフレディ」と記しているように、作者自身の子ども時代の経験にもとづいた物語です。

舞台は北ドイツ、リューネブルク近郊の小さな農村です。主人公フレディが、この村のおじさん夫婦の農場に預けられて二年がたった一九四五年の二月、故郷を失った難民たちの幌馬車が到着するところから、物語は始まります。

では、なぜ、彼らは故郷を失ったのでしょう。

一九四五年は、世界の主要な国々が連合国（イギリス・アメリカ合衆国・フランスなど）と枢軸国（ドイツ・日本・イタリアなど）に分かれて戦った第二次世界大戦が、終わった年でした。

第二次世界大戦当時のドイツは、ナチス党党首アドルフ・ヒトラーが率いる独裁国家（ナチス・ドイツ）で、戦争が始まったのも、一九三九年九月一日に、ドイツが西からポーランドに侵攻したためでした。一方、ポーランドの東側には、スターリンという、やはり独裁者に率いられたソ連——正式にはソビエト社会主義共和国連邦。現在のロシアを中心とする社会主義国家で、一九九一年まで存在していました——がありました。ナチス・ドイツはソ連と不可侵条約を結び、二国間でポーランドを分割することをひそかに決めていたのです。そこで、ドイツのポーランド侵攻後まもなく、ソ連もポーランドに侵攻します。

しかし、一九四一年六月、ドイツはソ連との不可侵条約を一方的に破棄し、ソ連に攻めこみます。こうして、血で血を洗う残虐をきわめた独ソ戦が始まりました。一気にソ連に攻めこんだドイツでしたが、一九四三年のスターリングラード（現在のヴォルゴグラード）での敗北を境に、ずるずると敗走を始めます。物語の主人公フレディのいとこが送られたのも、この独ソ戦の戦場だったと思われます。

さて、物語の焦点となるもう一人の少年、幌馬車に乗って避難してきたギュンターは、当時ドイツ領だった東プロイセン（現在はロシア、ポーランド、リトアニア）で、家族と大きな農場に暮らしていましたが、ソ連軍が東から迫る中、母親とともに、父祖伝来の土地や建物などの財産を捨て、西へ向かって避難を始め、故郷を失うことになりました。ソ連軍が東プロイセンに入ったのは、一九四五年一月でした。

第二次世界大戦が始まる前にはドイツ領であった土地を追われ、避難した人々のことは、日本ではあまり知られていませんが、ドイツのこうした「難民」の数は、一説によると千二百万人、そのうち二百万人が途中で命を落としたといわれます。ギュンターや、やはり難民だったレオンハルトやエルヴィンたちも、言葉ではいいあらわせないような大変な体験をし、心に大きな傷をかかえていたことになります。ちなみに、レオンハルトはシュレージエン（現在はポーランド、チェコ）から、エルヴィンとヴァルターの兄弟は西プロイセン（現在はポーランド）から逃れてきたことになっています。

物語は、仲よくなったフレディ、レオンハルト、エルヴィンたちが、ふとしたことからギュンターをいじめてしまい、いじめの発覚を恐れたレオンハルトが「ギュンターを殺そう」と言い出したことをめぐって展開し、それぞれの少年の心理や行動が、短い物語の中にくっきりと描かれていきます。子どもたちの集団の中でいじめが起こり、エスカレートしてしまうことは、現代の日本でもありうることであり、読者は緊迫した物語にひきこまれていきます。

ただ、現代の日本に存在しない要素は、この少年たちが、前述したような「戦争の時代」を経験している、ということでしょう。なぜ殺してはいけないのか、大人は戦争のときに多くの人を殺したのに、という言葉には、人命や、ひとりひとりの人間の個性を軽視し、民族差別——その最たるものがユダヤ人大量虐殺、つまりホロコーストです——を助長した時代の影響がうかがえます。

一九八五年五月八日に、ドイツ連邦共和国（当時の西ドイツ）のヴァイツゼッカー大統領は、ドイツ終戦四十周年におこなった有名な演説でこう述べました。

> 過去に目を閉ざす者は結局のところ現在にも盲目となります。
> （中略）
> 人間は何をしかねないのか——これをわれわれは自らの歴史から学びます。でありますから、われわれは今や別種の、よりよい人間になったなどと思い上がってはなりません。
> （『新版 荒れ野の40年——ヴァイツゼッカー大統領ドイツ終戦40周年記念演説』永井清彦訳・解説 岩波ブックレットNo.767）

そうなのです、人間は何をしでかすかわからない生き物なのです。

しかし、子どものころにじっさいに経験したこの事件を、七十代後半になっても心にとどめ、物語として現代の子どもたちにさし出した作者の誠実な姿勢に、人間のよい面もまた、感じられるように思います。そして、「父親がいる家はあんまりないし、いたとしても……（中略）なぐる父親だけ」という状況の中、子どもたちに対峙する「大人」として登場する、若い帰還兵ヴィリーの姿は、あざやかな印象を残します。


さて、この物語の舞台は、先にも書いたように北ドイツ、リューネブルク近郊の小さな農村――正確にいうと、ニーダーザクセン州東部のヴェントラント地方です。重いテーマをあつかった作品ではありますが、村の生活や自然がていねいに書きこまれ、物語に厚みがあり、読んでいてわくわくします。キッペ・カッペという遊びが出てきますが、これは作者によれば、ヴェントラント地方にしかない遊びだそうです。

戦後のドイツはアメリカ、ソ連、イギリス、フランスの四カ国に分割占領されましたが、ヴェントラント地方がイギリス占領地区であったことは、フレディのおじいさんが、酔っぱらって電線の碍子を撃っていたイギリス兵たちになぐりかかろうとした、というエピソードなどからもわかります。

ヘルマン・シュルツの作品が日本語で紹介されるのは、『川の上で』（徳間書店、第四十九回産経児童出版文化賞JR賞受賞）、『ふたりきりの戦争』に次いで、三冊目になります。

『ふたりきりの戦争』もまた、ヴェントラント地方を舞台にしています。こちらは、ロシアから労働力として強制的にドイツに連れてこられた少年セルゲイが、ドイツ人少女エンヒェンとともに、故郷ロシアを目指して、東へ向かって逃亡する物語です。ふらふらの状態で逃亡を続けるふたりは、逆に東から逃げてきたギュンターたちの幌馬車と、どこかですれちがったかもしれません。

わたしには、このふたつの物語が、対になる二枚の貝殻のように思えます。この『ぼくたちがギュンターを殺そうとした日』に興味を持たれた方は、ぜひ『ふたりきりの戦争』もお読みいただけたらと思います。

なお、本文中に付した注は、日本の読者の理解の助けになればと、原書の注も参考にしつつ、編集部と相談して作ったものです。

本書も、前二作同様、徳間書店の上村令さんが編集を担当し、読みやすい本作りのために尽力してくれました。また、読み聞かせが得意で、かつてはふたりの子どもに、そして今は孫に読み聞かせをしてくれている妻、真理子にも、何度も読んでもらい、訳文のチェックをしてもらいました。そして、ドイツ語やドイツの事情一般（いっぱん）については、中央大学外国人講師のアダム・ヤンボールさんに貴重なアドバイスをいただきました。

小さな本とはいえ、一冊の本がしあがるまでには、ほかにも多くの方々のご助力がありました。この場を借りて、お礼申しあげます。

二〇二〇年二月

渡辺広佐（わたなべひろすけ）

【訳者】
渡辺広佐（わたなべひろすけ）
1950年愛媛県生まれ。中央大学大学院修了。ドイツ文学者、翻訳家。おもな訳書に『ファーブルの庭』（NHK出版）、『異郷の闇』（パロル舎）、『時の囚われ人』（早川書房）、『川の上で』『ふたりきりの戦争』（徳間書店）など。

【ぼくたちがギュンターを殺そうとした日】
ヘルマン・シュルツ作
渡辺広佐訳 translation © 2020 Hirosuke Watanabe
160p, 19cm, NDC 943
ぼくたちがギュンターを殺そうとした日
2020年3月31日　初版発行

装丁:鳥井和昌
フォーマット:前田浩志・横濱順美

発行人:平野健一
発行所:株式会社　徳間書店
〒141-8202　東京都品川区上大崎3-1-1　目黒セントラルスクエア
Tel.(049)293-5521(販売)　(03)5403-4347(児童書編集)　振替00140-0-44392番
印刷:日経印刷株式会社
製本:大日本印刷株式会社
Published by TOKUMA SHOTEN PUBLISHING CO.,LTD., Tokyo, Japan. Printed in Japan.

徳間書店の子どもの本のホームページ　http://www.tokuma.jp/kodomonohon/

ISBN978-4-19-865070-4

とびらのむこうに別世界
徳間書店の児童書

【川の上で】 ヘルマン・シュルツ 作
渡辺広佐 訳

妻を熱病で亡くした宣教師フリードリヒは、同じ病の娘を救うため、広大な川へ小舟で漕ぎ出すが…。1930年代のアフリカを舞台に異文化との出会い、親子の絆を描く話題作。ヘルマン・ケステン賞受賞。

Books for Teenagers 10代～

【ふたりきりの戦争】 ヘルマン・シュルツ 作
渡辺広佐 訳

第二次大戦末期のドイツ。逃亡したロシア人少年とドイツ人少女が、生きるために歩き続けるうちに目にしたものは…？ 極限状況下で二人の若者の間に芽生えた友情を描く感動作。

Books for Teenagers 10代～

【彼の名はヤン】 イリーナ・コルシュノフ 作
上田真而子 訳

第二次世界大戦末期、ドイツ。無惨に引き裂かれたポーランド人青年との恋をとおして、戦争の真実を見つめる17歳の少女を描く、物語の名手コルシュノフの代表作。

Books for Teenagers 10代～

【マルカの長い旅】 ミリヤム・プレスラー 作
松永美穂 訳

第二次大戦中、ユダヤ人狩りを逃れる旅の途中で家族とはぐれ、生き抜くために一人闘うことになった七歳の少女マルカ。母と娘が再びめぐり合うまでの日々を、双方の視点から緊密な文体で描き出す、感動の一冊。

Books for Teenagers 10代～

【列車はこの闇をぬけて】 ディルク・ラインハルト 作
天沼春樹 訳

米国に出稼ぎに行った親を追い、貨物列車の屋根に乗って、メキシコを縦断する旅を始めた14歳のミゲルたちが出会ったのは……？ 丹念な取材に基づいて書かれた、忘れがたい物語。

Books for Teenagers 10代～

【猫の帰還】 ロバート・ウェストール 作
坂崎麻子 訳

1940年春、出征した主人を追って、一匹の猫が旅を始めた。戦争によって歪められたさまざまな人々の暮らし、苦しみと勇気が、猫の旅を通じて鮮やかに浮かび上がる…イギリス・スマーティー賞受賞作。

Books for Teenagers 10代～

【二つの旅の終わりに】 エイダン・チェンバーズ 作
原田勝 訳

オランダを訪れた17歳の英国人少年と、第二次大戦下のオランダ人少女の物語が織り合わされ、明らかになる秘密…カーネギー賞・プリンツ賞（ニューベリー賞 YA 部門）に輝く YA 文学の最高峰！

Books for Teenagers 10代～

BOOKS FOR TEENAGERS